国家出版基金项目
NATIONAL PUBLICATION FOUNDATION

沈德潛全集

⑫

（清）沈德潛 編著
賀嚴 整理

鳳凰出版社

分册目録

第十二册

國朝詩别裁集卷二……四四

國朝詩别裁集卷三

國朝詩別裁集卷五……二〇一

國朝詩别裁集卷七……三一〇

第十三册

國朝詩別裁集卷九

國朝詩别裁集卷十二 …… 五六六

第十四册

國朝詩別裁集卷十八……八六九

國朝詩別裁集卷二十三

第十五册

國朝詩别裁集卷二十七……………………一三五三

國朝詩別裁集卷二十八

國朝詩別裁集卷三十二

清詩别裁集

國朝詩別裁集序

國朝聖聖相承，皆文思天子。以故，九州内外，均沾德教。餘事作詩人者，不啻越之鎛、燕之函、秦之廬，夫人能爲之也。予輯國朝詩，共得九百九十六人，詩三千九百五十二首。較之錢牧齋《列朝詩選》、朱竹垞《明詩綜》，秖及十之二三，於數爲少。及觀唐殷璠《河嶽英靈集》云『自貞觀及開元，共得二十二人詩二百三十四首』，高仲武《中興間氣集》云『自至德元年至大曆末年，作者數千，選者二十六人』，以予所輯較之，又於數爲多。然而不嫌其少者，以牧齋、竹垞所選備一代之掌故，而予惟取詩品之高也。不嫌其多者，以殷璠、高仲武秖操一律以繩衆人，而予唯祈合乎温柔敦厚之旨，不拘一格也。自問學殖踈淺，見聞狹隘，中間略作小傳，遠遜牧齋之詳；略存詩話，遠遜竹垞之雅。唯殷璠所云『權壓梁竇，終無所取者』，敢竊比焉。高仲武所云『苟悦權右，取媚薄俗者』，庶幾免焉。書成，凡三十二卷。付諸剞劂，播諸藝林。或以爲是而褒之，或以爲非而斥之，或以爲不煩褒斥而置之。一聽乎當世之辭人，予不得而知之矣。

乾隆二十五年仲冬日，沈德潛自題，時年八十有八。

此係增減第一次本也。初番刻本校對欠精，錯誤良多，甚有評語移入他篇者，兹既一一改正。又當代名流，蒐羅未廣，兹復增入諸家，以補從前闕略。稍加芟夷，不留平近，總求無戾乎風雅之旨也。重付開雕，質之藝苑。至南粤西江翻刻，比初次刻本錯字尤多，識者自能鑒諸。

德潛又識

凡例

詩之爲道，不外孔子教小子、教伯魚數言。而其立言，一歸於温柔敦厚，無古今一也。自陸士衡有『緣情綺靡』之語，後人奉以爲宗。波流滔滔，去而日遠矣。選中體製各殊，要惟恐失温柔敦厚之旨。

本朝御製詩，如日月經天，江河行地，千百世當奉全集爲準繩，非臣子所敢選也。錢牧齋選明高帝以下諸帝詩，失尊君之體矣。兹編不敢采入三聖御詩，别於牧齋選本。黄崑圃侍郎，多藏北方學者詩。王遴汝上舍，多藏南方學者詩。余從兩處稛載而來，選中所收，幾有十分之三。餘皆逐漸徵取，鱗次投贈，積久成多，以供采擇。然四方萬國，其邊徼之遠，不能遍收也。挂漏實繁，不無遺憾。

國朝選本詩，或尊重名位，或藉爲交游結納，不專論詩也。陳檢討《篋衍集》，較諸本爲善。然秖及康熙癸丑，以下闕如。兹補癸丑後八十餘年詩，而名位交游之念，不擾於中，此差可自信者。

是選以詩存人，不以人存詩。蓋建豎功業者重功業，昌明理學者重理學，詩特其餘事也。故有功業理學可傳，而兼工韵語者，急采之。否則人已不朽，不復登其緒餘矣，觀者諒之。

人必論定於身後，蓋其人已爲古人，則品量與學殖俱定。否則或行或藏，或醇或駁，未能遽定也。集中采取，雖前後不同，均屬已往之人。

詩必原本性情，關乎人倫日用及古今成敗興壞之故者，方爲可存，所謂其言有物也。若一無關係，徒辨浮華，又或叫號撞搪以出之，非風人之指矣。尤有甚者，動作温柔鄉語，如王次回《疑雨集》之類，最足害人心術，一概不存。

詩不能離理，然貴有理趣，不貴下理語。陶淵明『汲汲魯中叟，彌縫使其淳』，聖人表章六經，二語足以盡之。杜少陵『江山如有待，花柳自無私』，天地化育萬物，二語足以形之。邵康節詩，直頭説盡，有何興會？至明儒『太極圈兒大，先生帽子高』，真使人笑來也。選中近此類者，俱從芟薙。

唐詩蘊蓄，宋詩發露。蘊蓄則韵流言外，發露則意盡言中。愚未嘗貶斥宋詩，而趣向舊在唐詩。故所選風調音節，俱近唐賢，從所尚也，若樂府及四言，有越唐人而竊攀六代漢魏者，所云『雖不能至，心嚮往之』。

前代臣工，爲我朝從龍之佐，如錢虞山、王孟津諸公，其詩一並采入，準明代劉青田、危太朴例也。前代遺老而爲石隱之流，如林茂之、杜茶村諸公，其詩概不采入，準明代倪雲林、席帽山人例也。亦有前明詞人，而易代以來，食毛踐土既久者，詩仍采入。編詩之中，微存史意。

詩人名下，未詳生平者，秖載其表字、省分、郡邑，與夫科目官位之有無。若傳志可考、軼事可傳、詩話可引，或詳或略，輙綴評論，使讀者得其詩品，并如遇其爲人。

卷中有科目者，一以科目之先後爲次。無科目者，約以輩行之先後爲次。世祖十八年，俱先科目而後詞人。聖祖六十一年，若準此例，恐輩行之先後，太相懸矣，故三分二十年，科目詞人，相間次第之。世宗朝及今上二十五年以前，仍準世祖朝之例。

人之無名位者，一生無他嗜好，惟孳孳矻矻於五字七字之中，而忽焉徂謝。苟無人焉表而章之，人與詩歸無何有之鄉矣。予與同人遠近徵求，志其生平，聊存發潛闡幽之意。

閨閣詩，前人諸選中，多取風雲月露之詞，故青樓失行婦女，每津津道之，非所以垂教也。選本所録，罔非賢媛。有貞静博洽，可上追班大家、韋逞母之遺風者，宜發言爲詩，均可維名教倫常之大。而風格之高，又其餘事也。以尊詩品，以端壺範，誰曰不宜？

國初詩僧，有棄儒而逃入禪學者，詩自激昂頓挫，錚錚有聲。其後多習口頭禪説，以偈爲詩。即有稍知向學者，亦秖奉《弘秀集》一類爲金針，於源流升降，茫然於中也。廣爲蒐羅，共得四十四人。中有能讀儒書、通禪理者，格外賞之。羽士二人，附釋子之後。

初刻中郵寄篇翰，時候不齊，有鋟板將成、陸續遠到者，科目輩行之先後，不能倒置也。因於三十二卷外，復輯補遺四卷，今俱叙入三十二卷中，并歸正集矣。故卷數較少，而詩篇較多。

詩中有相沿誤用者，如『孤負』之誤『辜負』，李陵答蘇武書『孤負陵心，陵雖孤恩』，杜詩『孤負滄洲願』，韓詩『孤負平生志』，皆是也。辜，罪也，與負不協。『疑丞』之誤『凝丞』，左輔右弼、前疑後丞。疑，謂有疑而問也，凝字何解？『蒼黄』之誤『倉皇』。北山移文『蒼黄反覆』，杜詩『形勢反蒼黄』，昌黎文『值吾南逐，蒼黄分散』，柳州文『數州之犬，蒼黄吠噬』。宋人以後始有『倉皇』。『閨閤』之誤『閨閣』，史遷云『身爲閨閤之臣』，文翁傳『使傳教令，出入閨閤』注謂東向小門也，二字不專屬之婦人。又相臣避尊居閤，故云『黄閤老』，宋後改爲『閣』，詩中，唐以前宜『閤』，宋以後宜『閣』。『爛漫』之誤『爛熳』，『爛漫』，見《魯靈光殿賦》、《説文》《玉篇》等書，並無『熳』字。『匡襄』之誤『劻勷』，匡襄，猶贊襄也。劻勷，急遽貌。《楚辭》『逢此世之劻勷』，杜牧詩『塵土驚劻勷』，昌黎有『新師不牢，劻勷將逋』語，如何混爲一？誤認『濫觴』爲『末流』，《家語》孔子曰『江始出於岷山，其源始於濫觴。』濫，泛也；觴，酒杯也。言初出微，而下流始大也。近人多以『濫』爲『爛』，以『觴』爲『傷』矣。清和爲四月，張衡《歸田賦》『仲春之月，時和氣清』，謝靈運詩『首夏猶清和』言四月猶二月，故下云『芳草亦未歇』也。後人有『四月清和雨乍晴』句，失却『猶』字義矣。此類不可枚舉。他如『委靡』『靡』上聲字，『百揆』『揆』上聲字之類，無平聲者，誤讀平聲，『漕』字、『雍』字、丈人行『行』字、冗長『長』字之類，有兩音者，總讀平聲，衛有漕邑，平聲。運漕之漕，去聲。雍和、辟雍，平聲。雍州之雍，去聲。行列之行，平聲。輩行之行，去聲。長短之長，平聲。

冗長之長，去聲。『朝請』之『請』，非上聲，宜讀去聲。漢律春朝曰朝，秋曰請，同靚音。『寧馨』之『寧』，非平聲，宜讀去聲，張謂詩『家無阿堵物，門有寧馨兒』，東坡詩『空使姦雄笑寧馨』。亦不可枚舉。集中一一校正，恐外間溺於俗本，轉以爲譌，故一論列之。

是集刱始於乾隆乙丑，至戊寅歲告成鐫刻。今歲庚辰，又復增删鏤版，共經十六寒暑矣。然尠見寡聞，雖殫苦心，秖抽孤緒，恐無當於大雅之林也。四方學者，有諒予之愚，窾啓未逮，所深望焉。

國朝詩別裁集卷一

長洲沈德潛歸愚纂評　男　種松校字
江陰翁　照霽堂　長洲周　準欽萊同輯

錢謙益

字受之，江南常熟人。萬曆庚戌賜進士第三人，國朝官至禮部尚書。著《初學》《有學》二集。◯尚書天資過人，學殖鴻博。論詩稱揚樂天、東坡、放翁諸公，而明代如李、何、王、李，概揮斥之。餘如二袁、鍾、譚，在不足比數之列。一時帖耳推服，百年以後，流風餘韻，猶足讋人也。生平著述大約輕經籍而重内典，棄正史而取稗官，金銀銅鐵，不妨合爲一鑪。至六十以後，頹然自放矣。向尊之者幾謂上掩古人，而近日薄之者又謂澌滅唐風。貶之太甚，均非公論。兹録其推激氣節、感慨興亡，多有關風教者，餘靡曼噍殺之音略焉，見《初學》《有學》二集中有焯然可傳者也。至前爲黨魁，後逃禪悦，讀其詩者應共悲之。◯牧齋詩如『吾道非歟何至此，臣今老矣不如人』。屋如韓愈詩中句，身似王維畫裏人』，工緻有餘，易開淺薄，非正聲也。五言平直少蘊，故不録。

陸宣公墓道行

延英重門晝不開，白麻黄閣飛塵埃。中條山人叫閽哭，金吾老將聲如雷。蘇州宰相忠州死，天道寧論乃如此。千年遺櫬歸不歸，兩地孤墳竟誰是！人言藁葬在忠州，又云徵還返故丘。圖經聚訟故老閧，争此朽骨如天球。齊女門前六里路，蕎麥茫茫少封樹。下馬猶尋董相墳，飛鳧孰辨孫王墓。青草黄茅萬死鄉，蠅頭細字寫巾箱。起草尚傳哀痛詔，閉門自驗活人方。永貞求舊空黄土，元祐青編照千古。人生忠佞看到頭，至竟延齡在何許？君不見，華山山下草如熏，石闕豐碑野火焚。樵夫踞坐行人唾，傳是崖州丁相墳。墓之附會與否不必論，重其人、不重其墓也。結語專及丁相墳者，以丁謂蘇人，墓在蘇州，故用反面襯托前輩，徵引不同泛泛。

團扇篇

合歡團扇美人作，輕雲如紈雪如素。裁成顧兔舒月波，畫出乘鸞上天路。美人容華傾六宫，含羞却扇嬌且慵。自分團欒賽明月，豈知摇動生秋風。碧天一夜秋如水，炎凉盡在君懷裏。不怨秋風坐棄捐，却愁明月長相似。秋來明月正嬋娟，别殿長門是處懸。從教妾扇經秋掩，但願君心並月圓。君心如月不可掇，妾扇團團那忍割。可憐團扇無蔽虧，不比清光有盈缺。奉君清暑爲君容，莫道恩情中路空。蛛絲蟲網頻垂淚，還感君恩在篋中。自注：張子壽賦《白羽扇》云：『縱秋氣之移奪，終感恩於篋中。』蓋公懼李林甫之讒而作。○此召對落職後詩也。眷念恩情，收藏笥篋，與小丈夫悻悻者異焉。

題宋徽宗杏花村圖

宜春小苑春風香，宣和秘殿春晝長。帝所神霄換新誥，江南花石催頭綱。至尊盤礴自遊藝，宛是前身畫師製。歲時婚嫁杏花村，桑麻雞犬桃源世。杏花村中花冥冥，紇干山雀群飛鳴。巾車挈篋去何所？無乃負擔趨青城。君不見，杏花寒食錢塘路，鬼燐燈檠風雨暮。麥飯何人澆一盂，孤臣哭斷冬青樹。

玉堂雙燕行送劉晉卿、趙景之兩太史謫官

玉堂晝暖薰風香，雙雙燕尾摇倉琅。背飛並映銀花牓，託宿交棲玳瑁梁。感君恩重巢君幕，顧影呢喃前復却。何當鳴梧比丹鳳，且願銜花效黄雀。啁哳辭歸未忍歸，差池掠羽試雙飛。風

迴鈴索聲猶在，日過花磚候已非。珠簾十二秋風促，蘆雪菰煙何處宿。明年社日蚤歸來，籥口銜泥補君屋。爲謫官者言，自宜以銜泥補屋望之，此立言體也，與《團扇篇》用意略同。

送福清公歸里

甘陵南北久分岐，鵷鷺雍容彼一時。抗疏有人盈瑣闥，顧名無闕省罘罳。恩牛怨李誰家事，白馬清流異代悲。八載調羹心獨苦，臨行諄復外庭知。

鶚立朝端領搢紳，飄蕭鬢髮見風神。契丹使亦知元老，回紇占應見大人。代許孤忠留一柱，帝思耆德撫三辰。吳門咫尺鄰閶闔，珍重東山五畝身。三四語比以文潞公、郭汾陽，史事須如此用。◯詩作於萬曆季年。福清公，葉臺山向高也。公在政府，士林倚以爲重。後以不能救萬熛死，又林汝翥忤奄，群奄辱及於公，公去，而東林君子無噍類矣。詩中『白馬清流』，其有先見乎！

戊辰七月應召赴闕車中言懷

三年嚴譴望修門，隨例趨朝又北轅。聖代故應無棄物，孤臣猶有未招魂。夕陽亭下人還過，端禮門前石尚蹲。重向西風揮老淚，餘生何以答殊恩。

寥廓高天一冥鴻，肯隨烏鳥問雌雄。紛紛豈止容卿輩，碌碌何須笑乃公。赤汗馬應空冀北，白頭豕自媿遼東。郊原無限停車思，落日披襟得遠風。

臨城驛壁見方侍御孩未題詩

驛吏逢迎舊赭衣，生還今日是耶非。綸竿喜值金雞放，華表真同白鶴歸。抱蔓摘瓜餘我在，破巢完卵似君稀。循牆歎息看題句，淅淅秋風起夕扉。抱蔓摘瓜，言清流幾盡，己獨存也。破巢完卵，言進言被禍，身幸存也。

召對文華殿，旋奉嚴旨，感恩述事

宮廷初散鼠狐群，殷殷成雷又聚蚊。卷舌光芒仍炫燿，台階氣象向氤氳。傷心詔獄生春草，回首觚稜隔暮雲。明主定無鈎黨禁，文華休擬作同文。自注：倪侍讀鴻寶云：『文華殿寧可作同文館耶？』

破帽青衫又一回，當筵舞袖任他猜。平生自分爲人役，流俗相尊作黨魁。明日孔融應便去，當年王式悔輕來。清宵吉夢還知否，萬樹青山早放梅。

獵獵寒風逼歲餘，柴門剥啄到雙魚。親憎言禄催偕隱，友賤求名勸著書。薄俗休官如物故，畏塗削籍當遷除。夕陽亭下城西路，歎息何人返敝廬。勸著書者，勸其輕名勿著書也。○崇禎元年，牧齋被召。思陵召對文華殿，欲用爲相，温體仁訐其主浙試時，關節受賄，神姦結黨，聲色俱厲，思陵遂罷牧齋官。其實浙闈事，姦人紿爲之也。後坐杖，贖，不復用矣。諸詠作於塗中，今録三首，以存其概。

潞河别劉咸仲吏部

别緒鄉心浩莫分，潞河風雨帝城雲。能容放廢惟良友，未忘京華爲聖君。衰鬢數莖還去國，秋風一葉又離群。渭城歌罷休垂淚，逐客年來實飽聞。

題淮陰侯廟

淮水城南寄食徒，真王大將在斯須。豈知隆準如長頸，終見鷹揚死雉姁。落日井陘旗尚赤，春風鐘室草先朱。東西塚墓今安在，好爲英雄奠一盂。自注：信母墓在東塚，漂母墓在西塚。

己巳八月，待放歸田，感懷述事，奉寄南都諸君子

留都文物漢西京，虎踞龍蟠集俊英。高廟神靈嘗陟降，中朝佞倖敢縱橫。瑣闈月白鍾山曉，烏府霜寒淮水清。望盡浮雲天北極，長安應見泰階明。

奉謁少師高陽公於里第，感舊述懷

忽漫摳衣拜此堂，心期如夢淚千行。更闌尚說三條燭，坐久真慚數仞牆。孔思周情新著作，禹糧堯韭舊耕桑。明燈促席親函丈，秋柝沈沈夜未央。語語是家居情事。

再鎮危關鎖鑰長，一歸寇盜總猖狂。心因憂國渾如醉，鬢爲論兵半有霜。椽筆攜將分子姓，鞾刀留取壓文章。入郊先問躬耕地，簡較秋原幾樹桑。王西寧『髮爲胡笳吹作雪，心因烽火鍊成丹』，意亦相同，而此覺雅音。

倉皇出鎮便門東，單騎橫穿萬騎中。拊手關河歸舊服，側身天地荷成功。朝家議論三遺矢，社稷安危一畝宮。聞道邊廷饒魏絳，早懸金石賞和戎。衆以年老輕之，而社稷安危係於閒散之身，蓋以挽回天下望之矣。◯孫文忠，諱承宗，高陽人，牧齋座主也。以宰相任邊事久，屢立匡復

功。爲奄人斗筲所阨，家居七年。崇禎十七年，城陷，不屈，死。詩中望其出而救時，非阿好也。此種詩可以証史，不徒辭章對偶之工。

歲暮雜懷

卒歲閒門有雀羅，流年徂謝意如何。看花伴侶青春少，種菜英雄白首多。佩劍定須懸舊隴，明珠只合換新歌。劇憐渭水垂綸叟，未應非熊鬢已皤。

夏日讌新樂小侯於燕譽堂

寶玦相逢溝水頭，長衢交語路悠悠。西京甲觀論新樂，南國丁年説故侯。春燕歸來非大厦，夜烏啼處似延秋。曾聞天樂梨園裏，忍聽吴歈不淚流。此少年故侯也，激壯之中，自饒悽惋。於吴地讌之，故有末語。○下皆《有學集》中詩。

送吴興公遊下邳兼簡李條侯

落花飛雨攬邗溝，襆被奚囊感薄遊。寶劍千金吴季子，長城半壁漢條侯。高榆耕壘連滄海，深柳書堂枕碧流。共話老夫應失笑，春深冒絮尚蒙頭。

簡侯研德并示記原

當饗休聽《暇豫歌》，破巢完卵爲銅駝。國殤何意存三户，家祭無忘告兩河。擊筑淚從天北至，吹簫聲向日南多。知君恥讀《王裒傳》，但使生徒廢《蓼莪》。王裒，無不許其忠孝者，此又翻進一層，倍覺新警。

東歸漫興

林木池魚灰燼寒，鴛湖恨水去漫漫。西華葛帔仍梁代，東市朝衣尚漢官。白鶴崗歸無石表，金雞旋放少綸竿。招魂倘有巫陽在，歷歷殘棋忍重看。自注：過南湖望勺園悼延陵君而作。其子貧薄，故有任西華之歎。○《贈人》句云：『半生花月張三影，兩鬢滄桑郭四朝。』頗有風韻。

丙戌南還贈别故侯家妓人冬哥

繡嶺灰飛金谷殘，内人紅袖淚闌干。臨岐莫悵青娥老，兩見仙人泣露盤。兩見，謂甲申、乙酉兩年。

天樂荒凉禁苑傾，教坊淒斷舊歌聲。臨岐只合懵騰去，不忍聽他唱《渭城》。

後觀棋絶句

寂寞枯枰響泬漻，秦淮秋老咽寒潮。白頭鐙影凉宵裏，一局殘棋見六朝。

飛角侵邊劫正闌，當場黑白尚漫漫。老夫袖手支頤看，殘局分明一着難。此牧齋自傷末路也。殘局自有勝着，只是人不肯尋耳。

讀《史記》戲書

漢家争道孝文明，左右臨朝問亦輕。絳灌但知讒賈誼，可思流汗愧陳平。與『可憐夜半虚前席，不問蒼生問鬼神』一種筆墨。

故宫人

漢宫遺事剪燈論，共指青衫認淚痕。今夕驚沙滿蓬鬢，始知永巷是君恩。亦是翻進一步法。

留題秦淮丁家水閣

舞榭歌臺羅綺叢，都無人跡有春風。踏青無限傷心事，併入南朝落照中。

苑外楊花待暮潮，隔溪桃葉限紅橋。夕陽凝望春如水，丁字簾前是六朝。

村莊紅豆花詩

金尊檀板落花天，樂府新翻《紅豆篇》。取次江南好風景，莫教腸斷李龜年。

王　鐸

字覺斯，河南孟津人。天啓壬戌進士，國朝官至大學士，謚文安。

近望牛頭山

漢西郊野望牛頭，滚滚寒雲萬頃流。鐘磬不關興敗事，藤蘿猶挂古今愁。樹連山色低秦塞，水帶軍聲别閬州。割據雄圖憂後日，夕陽無語下寒丘。文安詩名甚著，然每入荒幻，如『山龔香殿徹，雲猛石牀平』之類，不可勝數，此章特取其明順流利者。

方拱乾

字坦菴，江南桐城人。崇禎戊辰進士。國朝官少詹事，兼翰林學士。著有《塞外》《歸國》二集。◯宮詹寢食少陵，評點杜詩，分授學者，謂：『詩必從杜入，方有真性情。脩飾辭華，不能登大雅之堂也。』今讀其詩，一如論詩之旨。

驅雀詞

雀莫啄我蔬，我蔬種已遲。衰年事事鈍，辛勤還後時。聊取生意足，寧獨療長飢。甲坼纔如豆，不及隣家肥。肥蔬啄可飽，瘦蔬啄無遺。飢我不飽汝，兩傷亦奚爲。欲驅不忍擊，短竿護疎籬。我蔬肥有日，除竿任汝飛。聽汝嗷嗷音，生事同我微。觀我、觀物，物我皆得，少陵夔州以後詩。

春聲

在家愁聞砧，砧聲爲客衣。在客愁聞春，春聲爲客飢。春本非惡聲，客耳自淒其。砧聲砧者苦，春聲聞者悲。此地盡爲客，室家亦羈縻。遘此八月霜，稻粱同草衰。稗種賤獨早，皮盡乃得糜。十斗舂一斛，家家急朝炊。兩舂一口資，廿口將安資。夜長月色苦，冷澹無光輝。聲聲相斷續，遠近聞一時。悲餘轉成喜，得食諒不遲。便作笙竽聽，天風任爾吹。轉悲爲喜一層，從真性情流出。意盡語竭時，忽然得此，絶處逢生機也。

補牕

紙牕如破衲，藂添鍼線迹。纖纖魚鱗光，朝曦逗微隙。夜來朔風狂，洞然半分割。寒威透旃裘，况乃敝衣幘。看囊久無錢，紙價貴逾昔。求全勢所難，補罅情轉適。平生鄙彌縫，於兹悟損益。漸暄颸亦温，安穩蓬蒿宅。舊研釋冰痕，晝長聊點《易》。微雲影太空，不礙虚生白。極瑣屑事，發出安分樂天道理。

路遇李澹生馮炳文

阜帽衝風沙，晴天疑晦霿。覩君行路色，觸我來時痛。握手萬端生，醒眼三年夢。相贈繞朝鞭，前途慎珍重。

募僧收枯骨

兵戈二十載，枯骨尚如麻。中豈無才智，生原有室家。啼魂昏白晝，掩胔仗黄沙。何處煩冤盡，觀空仰法華。仁人之心，仁人之事，仁人之言。

蚤起

長夜厭朝眠，暾光到枕先。家無煩老事，人愛早晴天。研洗和冰墨，爐温隔夕煙。惺惺平旦氣，孤坐倍泠然。第四語與『人間重晚晴』各有名理。

掩柴門

柴門開亦静，無事手常關。曉露花争坼，斜陽牛自還。相看忘塞俗，久已負家山。偶憶雍陶句，開籠放白鷳。

九日

鬱鬱連朝雪，蕭蕭九日晴。異鄉誰送酒，令節但存名。目斷天無極，風高沙自驚。莫嫌人跡遠，雁亦罷南征。塞上九日詩，脱盡前人科臼。

放雉

萬物愛生還，凌霄刷羽翰。自經羅網苦，益覺地天寬。文采無夸耀，飛翔得便安。故山諧伴侶，不羡女牀鸞。寫物、寫人，生枯雙管齊下。

寧遠温泉

温與探湯異，邊城舊擅名。無心何自熱，有本得長清。調爕功誰擅，寒暄理自平。衰年苦蕭颯，一濯已春生。三四是體，五六是用。君子之德、大臣之度，並見二十字中。

晤林茂之時年八十五矣

群奉丈人行，相看若鼎彝。別時貧到骨，近日老能詩。結客前朝重，遺民後代知。嗟予隨杖履，鬢髮已如絲。是俠士，是詩老，是遺民，如讀林茂之傳。

舊鶴

自注：余舊畜，己亥贈吉旋，今猶無恙。

老鶴迎人作意鳴，三年前是一般聲。別來何物不經變，知爾於人無所争。舊侣分飛憐獨立，故交相遇倍多情。衛廷豈少乘軒輩，誰臥長松夢玉京。多情人不作浮薄語，三四所感者大。

廣寧

醫巫閭是望中山，指點殘黎慘澹間。北鎮祀誰憑享殿，南冠人尚戀榆關。光熹往事傷心久，劉杜征魂帶血還。慙愧高岡祀李靖，紀功碑斷蘚花斑。劉杜謂劉綎、杜松，皆死於戰者。

譯使至高麗

天荒地老更誰鄰，屬國驚聞接海濱。豺虎窟多中土客，鳳凰城是舊朝臣。泉刀重譯旃裘雪，鹽鐵歸裝塞馬春。試問爲奴當日祖，流傳《洪範》可能陳？

張文光

字譙明，河南祥符人。崇禎戊辰進士，國朝官按察副使。著有《斗齋詩》。

○副使詩得力於杜，有悲壯之聲。

登汴城角樓

落日下層城，蒼然遠樹平。亂雲連嶽碧，野火隔江明。狐兔盤深窟，蒹葭冷舊京。中原形勝地，畫角起邊聲。

送吴六益詩人南歸

盡此一杯酒，悠悠無限情。秋匀千樹色，日落大河聲。天地留風雅，衣冠老杜蘅。前途誰共語，孤劍白長鳴。『秋匀』，『匀』字極錬。『日落大河聲』，何減李北地？

野月

野曠烟初歇，孤輝更杳茫。長天籠遠樹，古渡泊空航。夜冷流民屋，春寒戰骨霜。荷鋤聊自慰，草露借餘光。

懷李龍衮

天高野戍雁聲長，月滿邊城海霧黄。別後幾時雙涕淚，殊方經歲半冰霜。自甘白髮爲遷客，誰道青山非故鄉。迢遞夢魂千萬里，思君一夜到龍荒。

送季天中秋日東行

千山落日淡高旻，萬里秋風促去輪。自是聖朝無闕事，何妨天末有孤臣。霜侵列戍笳聲急，雲捲平沙月影新。我亦梧桐花下客，至今魂夢愧斯人。天中建言遭謫，故以詩送之。四語一氣直下，神來之筆。

九月八日喜禹峰至

蘇門別後幾經霜，異地音書各渺茫。握手十年纔一夕，驚心明日又重陽。江湖月冷魚龍卧，邊塞風高雁鶩翔。欲問元龍天下計，漫言中散舊時狂。

清淮曉發

老髩蕭條逐客程，秋風瑟瑟喚愁生。五更月照他鄉影，萬里河流故國聲。落拓人當疑慢世，浮沈吾亦厭虚名。何時歸去衡門下，竹杖芒鞵傍鶴行。

吴偉業

字駿公，江南太倉人。崇禎辛未賜進士第二人。國朝官祭酒，著有《梅村集》。◯梅村七言古專倣元白，世傳誦之，然時有嫩句、累句。五七言近體，聲華格律不減唐人，一時無與爲儷，故特表而出之。◯梅村故國之思，時時流露，《遣悶》云：『故人往日燔妻子，我因親在何敢死，不意而今至於此。』又《病中詞》曰：『故人慷慨多奇節，爲當年，沈吟不斷，草間偷活。』『脱屣妻孥非易事，竟一錢不值何須説。』讀者每哀其志。若虞山，不著一辭矣！此二人同異之辨。

鴛湖曲

鴛鴦湖畔草黏天，二月春深好放船。柳葉亂飄千尺雨，桃花斜帶一溪烟。烟雨迷離不知處，舊隄却認門前樹。樹上流鶯三兩聲，十年此地扁舟住。主人愛客錦筵開，水閣風吹笑語來。畫鼓隊催桃葉伎，玉簫聲出柘枝臺。輕靴窄袖嬌糚束，脆管繁絃競追逐。雲鬟子弟按《霓裳》，雪面參軍舞《鸜鵒》。酒盡移船曲榭西，滿湖燈火醉人歸。朝來别奏新翻曲，更出紅糚向柳隄。歡樂朝朝兼暮暮，七貴三公何足數？十幅蒲帆幾尺風，吹君直上長安路。長安富貴玉驄嬌，侍女薰香護早朝。分付南湖舊花柳，好留煙月伴歸橈。那知轉眼浮生夢，蕭蕭日影悲風動。中散彈琴竟未終，山公啓事成何用？東市朝衣一旦休，北邙坏土亦難留。白楊尚作他人樹，紅粉知非舊日樓。烽火名園竄狐兔，西閣偷窺老兵怒。寧使當時没縣官，不堪朝市都非故。我來倚棹向湖邊，煙雨臺空倍惘然。芳草乍疑歌扇緑，落英錯認舞衣鮮。人生苦樂皆陳迹，年去年來堪痛惜。聞笛休嗟石季倫，銜杯且效陶彭澤。君不見，白浪掀天一葉危，收竿還怕轉船遲。世人無限風波苦，輸與江湖釣叟知。此弔吴昌時也。昌時爲選郎，依周宜興延儒。宜興敗，而昌時至於棄市矣。篇中極言盛衰，如聽雍門之琴，用意全在收束。

永和宫詞

揚州明月杜陵花，夾道香塵迎麗華。舊宅江都飛燕井，新侯關内武安家。雅步纖腰初召入，鈿合金釵定情日。豐容盛鬋固無雙，蹴踘彈碁復第一。上林花鳥寫生綃，禁本鍾王點素毫。楊柳風微春試馬，梧桐露冷夜吹簫。君王宵旰無歡思，宫門夜半傳封事。玉几金牀少晏眠，陳娥衛豔誰頻侍。貴妃明慧獨承恩，宜笑宜愁慰至尊。皓齒不呈微索問，蛾眉欲蹙又温存。本朝家法修清讌，房帷久絶珍奇薦。勑使惟追陽羡茶，内人數減昭陽膳。維揚服製擅江南，小閣鑪煙沈水含。私買瓊花新樣錦，自修水遞進黄柑。中宫謂得君王意，銀鐶不妬温成貴。早日艱難護大家，

比來歡笑同良娣。奉使龍樓賈佩蘭，往還偶失兩宮歡。雖云樊嬺能辭令，欲得昭儀喜怒難。緑
綈小字書成印，瓊函自署充華進。請罪長教聖主憐，含辭欲得君王愠。君王内顧恤傾城，故劒還
存敵體恩。手詔玉人蒙詰問，自來階下拭啼痕。外家官拜金吾尉，平生遊俠多輕利。縛客因催
博進錢，當筵便殺彈箏伎。斑姬才調左姬賢，霍氏驕奢竇氏專。涕泣微聞椒殿詔，笑譚豪奪灞陵
田。有司奏削將軍俸，貴人冷落宮車夢。永巷傳聞去玩花，景和門裏誰陪從。天顏不懌侍人愁，后
促黄門召共遊。初勸官家佯不應，玉車早到殿西頭。兩王最小牽衣戲，長者讀書少者弟。聞道群
臣譽定陶，獨將多病憐如意。豈有神君語帳中，漫云王母降離宮。巫陽莫救蒼舒恨，金鎖彫殘玉筯
紅。從此君王慘不樂，叢臺置酒風蕭索。已報河南失數州，况經少子傷零落。貴妃瘦損坐匡牀，慵
髻啼眉掩洞房。荳蔻湯温氷簟冷，荔支漿熱玉魚涼。病不經秋淚沾臆，裴回自絶君王膝。苔没長
門有夢歸，花飛寒食應相憶。玉匣珠襦啓便房，薤歌無異葬同昌。君王欲製《哀蟬賦》，誄筆詞臣有
謝莊。頭白宮娥暗嚬蹙，庸知朝露非爲福。宮草明年戰血腥，當時莫向西陵哭。窮泉相見痛倉黄，
還向官家問永王。幸免玉環逢喪亂，不須銅雀怨興亡。自古豪華如轉轂，武安若在憂家族。愛子
雖添北渚愁，外家已葬驪山足。夜雨椒房陰火青，杜鵑啼血濯龍門。漢家伏后知同恨，止少當年一
貴人。碧殿凄涼新木拱，行人尚識昭儀塚。麥飯冬青問茂陵，斜陽蔓草埋殘壠。昭丘松檟北風哀，
南内春深擁夜來。莫奏《霓裳》天寶曲，景陽宮井落秋槐。詳叙田貴妃始末。凡貴妃之明慧，思陵
之恭儉，周后之賢淑，袁貴妃之失懽，以及田氏前此之承恩、後此之夭折，一一可被管絃，幾欲參《長

慶》之席矣。唯『長者讀書少者弟』句，未免稺氣。而以伏后比擬周后，殊覺不於其倫。

雁門尚書行并序

《雁門尚書行》，爲大司馬白谷孫公作也。公代州人，地故雁門郡。長身伉爽，才武絶人。其用秦兵也，將憑巖關爲持久，且固將吏心。秦士大夫弗善也，累檄趣之戰，不得已始出。天淫雨，乏糧，師大潰，潼關陷，獨身横刀衝賊陣以没，從騎俱散，不能得其屍。公之出也，自念必死，顧語張夫人。夫人曰：『丈夫報國耳，無憂我。』西安破，率二女六妾沈於井，揮其八歲兒以去。兒踰垣避賊，墮民舍中，有老翁者善衣食之。二年，公長子世瑞，重趼入秦。得夫人屍，貌如生。老翁歸以弟，相扶還，見者泣下，蓋公素有德秦人云。余門人馮君訥生，公同里人，作《潼關行》紀其事。余曾識公於朝，因感賦此什。公死，而天下事以去。然其敗由趣戰，且大雨絶糧，此固天意。抑本廟謨，未可專以責公也。公之參佐，惟監軍道喬公，以明經奏用，能不負公。潼關之破，同日死。名元柱，定襄人。

雁門尚書受專征，登壇顧盻三軍驚。身長八尺左右射，坐上咄吒風雲生。家居絶塞愛死士，一日費盡千黄金。讀書致身取將相，關西鼠子方縱横。長安城頭揮羽扇，卧甲韜弓不忘戰。持重能收壯士心，沉機好待凶徒變。忽傳使者上都來，夜半星馳馬流汗。覆轍寧堪似往年，催軍還用松山箭。尚書得詔初沉吟，蹶起横刀忽長歎。我今不死非英雄，古來得失誰由算？椎牛誓衆出潼關，墟落蕭條轉餉難。六月炎蒸驅萬馬，一峭風雨斷千山。雄心慷慨宵飛檄，殺氣憑陵老據鞍。掃籜謀成頻撫劍，量沙力盡爲傳餐。尚書戰敗追兵急，退守巖關收潰卒。此地乘高足萬全，只今天險嗟何及。蟻聚蜂屯已入城，持矛瞋目呼狂賊。戰馬嘶鳴失主歸，横尸撑距無能識。烏鳶啄肉北風寒，寡鵠孤鸞不忍看。願逐相公忠義死，一門恨血土花斑。故園有子音書絶，勾注烽煙路百盤。欲走雲中穿紫塞，别尋奇道訪長安。長安到日添悲哽，繭足荆榛見眢井。轆轤繩斷野苔生，幾尺枯泉見形影。永夜曾歸風露清，經秋不化冰霜冷。二女何年駕碧鸞，七姬無塚埋紅粉。複壁藏兒定有無，破巢窮鳥問將雛。時來作使千兵勢，運去流離六尺孤。傍人指點牽衣袂，相看一慟真吾弟。訣絶難爲老母心，護持始識遺民意。回首潼關廢壘高，知公於此葬蓬蒿。沙沈白骨魂應在，雨洗金瘡恨未消。渭水無情自東去，殘鴉落日藍田樹。青史誰人哭蘚碑，赤眉銅馬知何處。嗚呼，材官鐵騎看如雲，不降即走徒紛紛。尚書養士三十載，一時同死何無人？至今唯説喬參軍。參軍，《序》中名元柱，《列傳》名高遷，互有異同。◯孫公先擒高迎祥，後幾滅李自成，當時可倚以平賊者，惟盧忠烈公與孫公。自二公爲權臣所抑，先後死，而明遂亡矣。詩中詳叙生平，與《本傳》表裏。惟公之敗也，由於權幸催戰，軍無見糧，又大雨七日夜不止，此大關係。詩中再醒出幾語，尤能動人。◯七言古，如《雕橋莊》《田家鐵獅》《松山哀》等篇，皆有關係詩。而徑路或有未清，故不概録。

畫中九友詩

華亭尚書天人流，墨花五色風雲浮。至尊含笑黄金投，殘膏剩馥雞林求。思白。太常妙蹟兼銀鉤，樂郊擁卷高堂秋。真宰欲訴窮雕搜，解衣盤礴堪忘憂。煙客。誰其匹者王廉州，神姿玉樹三山頭，擺落萬象煙霞收。尊彝斑剥探商周，得意换却千金裘。元照。檀園著述誇前修，丹青餘事追營丘。平生書畫置兩舟，湖山勝處供淹留。長蘅。阿龍北固持兩矛，披圖赤壁思曹劉。酒醉灑墨横江樓，蒜山月落空悠悠。龍友。姑蘇太守今僧繇，問事不省張兩眸。振筆忽起風颼飀，連紙十丈神明遒。爾唯。松圓詩律通清謳，墨莊自畫歸田遊。一犁黄海鳴春鳩，長笛倒騎烏犉牛。孟陽。花龕巨幅千峰稠，小景點出林塘幽。晚年筆力凌滄洲，幅巾鶴髮輕王侯。潤甫。風流已矣吾瓜疇，一生迂癖爲人尤，僮僕竊駡妻孥愁。瘦如黄鵠閑如鷗，煙驅墨染何曾休。僧彌。○用《飲中八仙歌》格，而絶異其面目，所以可貴。

雪中遇獵

北風雪花大如掌，河橋路斷流澌響。愁鴟飢雀語啁啾，健鶻奇鷹姿颯爽。將軍射獵城南隅，軟裘快馬紅氍毹。秋翎垂頭西鼠煖，鴉青徑寸裝明珠。金鵝箭褶袍花溼，挏酒駝羹馬前立。錦靴玉貌撥秦箏，瑟瑟鬟多好顔色。少年家住賀蘭山，磧裏擒生夜往還。鐵嶺草枯燒堠火，黑河冰滿渡征鞍。十載功成過高柳，閒却平生射雕手。漫唱千人《勑勒歌》，只傾萬斛屠蘇酒。今朝髯鬍李陵臺，將軍喜甚圍塲開。黄羊突過笑追射，鼻端出火聲如雷。回去朱旗滿城闕，不信溝中凍死骨。猶有長征遠戍人，哀哀萬里交河卒。笑我書生短褐温，蹇驢箬笠過前村。即今莫用《梁園賦》，扶杖歸來自閉門。

詠拙政園山茶

拙政園，故大弘寺基也，其地林木絶勝。有王御史者，侵之以廣其基。後歸徐氏最久。兵興，爲鎮將所據。已而，海昌相國得之。内有寶珠山茶幾株，交枝合抱，花時鉅麗鮮妍，紛披照矚，爲江南僅見。相國自買此園，在政地十年不歸。再經譴謫遼海，此花從未寓目。余偶過太息，爲作此詩。

拙政園内山茶花，一株兩株枝交加。豔如天孫織雲錦，赬如姹女燒丹砂。百年前是空王宅，寶珠色相生光華。歌臺舞榭從何起，當日豪家擅閭里。苦奪精藍爲翫花，旋抛先業隨流水。兒郎縱博賭名園，一擲輸人等糠粃。後人修築改池臺，石梁路轉蒼苔履。曲檻奇花拂畫樓，樓上朱荆棘從填顔嬌莫比。鬭盡風流富管弦，更誰瞥眼閒桃李。齊女門邊戰鼓聲，入門便作將軍壘。真宰陽和暗迴斡，長安日日披薰馬矢高，斧斤勿翦鶯簧喜。近年此地歸相公，相公勞苦承明宫。一去瀋遼歸未得，百花深鎖月明中。看園剩有灌花老，爲道此花吴地少。宋代經今六百年，虬幹成圍更成抱。嘉賓開讌醉春風，火齊堆光上穹昊。於今忽作無主花，滿地飄殘竟誰掃。聞語還思出塞人，玉門關外無芳草。夢魂遥想故園花，未見名花顔色好。對花不語淚沾衣，惆悵花間燕子飛。折取一枝閒供佛，征人消息幾時歸。讀至後半，黯然消魂。後相國未曾歸里。

悲歌贈吴季子

人生千里與萬里，黯然消魂别而已。君獨何爲至於此，山非山兮水非水，生非生兮死非死。十三學經并學史，生在江南長紈綺。詞賦翩翩衆莫比，白璧青蠅見排抵。一朝束縛去，上書難自理。絶塞千山斷行李，八月龍沙雪花起，橐駝垂腰馬没耳。白骨皚皚經戰壘，黑河無船渡者幾。前憂猛虎後蒼兕，土穴偷生若螻蟻。大魚如山不見尾，張鬐爲風沫爲雨。日月倒行入海底，白晝相逢半人鬼。噫嘻乎悲哉！生男聰明慎勿喜，倉頡夜哭良有以，受患衹從讀書始。君不見，吴季子！漢槎極人世之苦，然不如此，無《秋笳》一集，其人恐不傳。天之厄之，正所以傳之也。詩格從嘉州《蜀葵花歌》化出。

讀史雜感

吴越黄星見，園陵紫氣浮。六師屯鵲尾，雙闕表牛頭。静鎮資安石，艱危仗武侯。新開都護府，宰相領揚州。此指史閣部出鎮事。

莫定三分計，先求五等封。國中惟指馬，閫外盡從龍。朝事歸諸將，軍輸仰大農。淮南數州地，幕府但歌鐘。此言馬、阮當國，四鎮跋扈事。

北寺讒成獄，西園賄拜官。上書休討賊，進爵在迎鑾。相國争開第，將軍罷築壇。空餘蘇武節，流涕向長安。此言鍛煉正人，上卿鬻爵，置國事於罔聞也。末二語謂遣左蘿石議和事。

貴戚張公子，奄人王寶孫。入陪宣室宴，出典羽林屯。狗馬來西苑，俳優待北門。不時中旨召，著籍並承恩。時選良家女，遍索名優，故詩中及之。

遇舊友

已過纔追問，相看是故人。亂離何處見，消息苦難真。拭眼驚魂定，銜杯笑語頻。移家就吾住，白首兩遺民。起語得神，與『乍見翻疑夢』同妙。

家園次罷官吴興有感

世路嗟誰穩，栖遲可奈何。官隨殘夢短，客比亂山多。閉閤凝香坐，行厨載酒過。却聽漁唱響，落日有風波。讀三四語，園次之輕官愛客，如或見之。今之戀官者，且逐客矣。

課女

漸長憐渠易，將衰覺子難。晚來燈下立，携就月中看。弱喜從師慧，貧疑失母寒。亦知談往事，生日在長安。

梅村

枳籬茅舍掩蒼苔，乞竹分花手自栽。不好詣人貪客過，慣遲作答愛書來。閒窗聽雨攤詩卷，獨樹看雲上嘯臺。桑落酒香盧橘美，釣船斜繫草堂開。自寫名士風流，漸入宋格矣。

過朱買臣墓自注：在嘉興東塔雷音閣後，即廣福講院。

翁子窮經自不貧，會稽連守拜爲真。是非難免三長史，富貴徒誇一婦人。小吏張湯看踞傲，故交莊助歎沈淪。行年五十功名晚，何似空山長負薪。三四語可括本傳，詩如此作，方不落套。

臺城

形勝當年百戰收，子孫容易失神州。金川事去家還在，《玉樹》歌殘恨未休。徐鄧功勛誰甲第，方黄骸骨總荒丘。可憐一片秦淮月，曾照降幡出石頭。此借臺城詠南渡事，若出義山手，猶隱躍言之。

功臣廟

畫壁精靈閒氣豪，鄂公羽箭衛公刀。丹青賜額豐碑壯，棨戟傳家甲第高。鹿走三山争楚漢，雞鳴十廟失蕭曹。英雄轉戰當年事，采石悲風起怒濤。

秣陵口號

車馬垂楊十字街，河橋燈火舊秦淮。放衙非復通侯第，自注：中山賜宅，改作公署。廢圃誰知博士齋。易餅市傍王殿瓦，換魚江上孝陵柴。無端射取原頭鹿，收得長生苑内牌。梅村詠前朝事，滄桑悲感，俱近盛唐。

恭紀駕幸南海子遇雪大獵

君王射獵近長安，龍雀刀鐶七寶鞍。立馬山川千騎擁，賜錢父老萬人看。霜林白鹿開金彈，春酒黄羊進玉盤。不向回中逢大雪，無因知道外邊寒。頌揚中不失箴規，此惟唐人有之。

送曹秋岳以少司農遷廣東左轄

秋風匹馬尉佗城，銅鼓西來正苦兵。萬里虞翻空遠宦，十年楊僕自專征。山連烏道天應盡，日落蠻江浪未平。此去好看宣室召，漢皇前席問蒼生。

雜感

武安席上見雙鬟，血淚青娥陷賊還。本爲君親來故國，豈因女子下雄關。取兵遼海哥舒翰，得婦江南謝阿蠻。快馬健兒無限恨，天教紅粉定燕山。此《圓圓曲》縮本也。原本敘事拖沓，因取此篇。

贈遼左故人

詔書切責罷三公，千里驅車向大東。曾募流移畊塞下，豈遷豪傑實關中。桑麻亭障行人斷，松杏山河戰骨空。此去纍臣聞鬼哭，可無杯酒酹西風。爲海寧陳彦升相公作，時相公盡室讁戍，故作激楚聲贈之。

短轅一哭暮雲低，雪窖冰天路慘悽。青史幾年朝玉馬，白頭何日放金雞。燕支塞遠春難到，木葉山高鳥亂啼。百口總行君莫歎，免教少婦憶遼西。

路出西河望八城，保宫老母淚縱横。重圍屢困孤身在，垂死翻悲絶塞行。盡室可憐逢將吏，生兒真悔作公卿。蕭蕭夜半玄菟月，鶴唳歸來夢不成。此章專爲其太夫人作。『生兒真悔作公卿』，與潘黄門母同感。○王漁洋稱『陳卧子七律，沈雄瑰麗，冠古之才，惟梅村足以敵之』，固已先得我心。

登縹緲峰

絶頂江湖放眼明，飄然如欲御風行。最高尚有魚龍氣，半嶺全無鳥雀聲。芳草青蕪迷近遠，夕陽金碧變陰晴。夫差霸業銷沈盡，楓葉蘆花釣艇横。三語狀湖之廣，四語狀峰之高。

與友人談遺事

曾侍驪山清道塵，六師講武小平津。雲髦大纛星辰動，天策中權虎豹陳。一自羽書飛紫塞，長教鉦鼓恨黄巾。孤臣流涕青門外，徒使田横客笑人。

西子

霸越亡吴計已成，論功也合賞傾城。西施亦有弓藏懼，不獨鴟夷變姓名。

龍鼎孳

字孝升，江南合肥人。崇禎甲戌進士。國朝官至刑部尚書，謚端毅。著有《定山堂集》。◯合肥聲望與錢、吴相近，又真能愛才，有以詩文見者，必欲使其名流布於時，又因其才品之高下而次第之，士之歸往者徧宇内。時有合錢、吴爲三家詩選，人無異辭。惟讌飲酬酢之篇，多於登臨憑弔，似應少遜一籌。

蠲租行追同元次山《舂陵行》韻辛丑年作。

皇帝將改元，制書詔所司。方春重民事，王政務急施。水旱兼盜賊，人氣誠傷悲。萬方惟正供，悉索亦已疲。新餉五百萬，剜肉療飢羸。國計在本根，毛附先存皮。民困必失所，拯溺焉能遲。丞相下郡國，一切蠲除之。先是加賦意，豈不哀窮黎。水衡算金錢，橋陵方告期。滇閩各用兵，軍行糧輒隨。朝廷尚恭儉，大事須藉資。痌瘝上帝心，四海寧盡知。况復州邑吏，鞭撻到孑遺。御史大夫言，陛下真聖慈。元元樂寬大，生息理可爲。民貧不獨富，斯義古所持。流離與死亡，號呼欲向誰。固知非得已，久大難權宜。我皇本堯舜，天聽頃刻移。諫行膏澤下，千載明良時。煌煌社稷寄，輔導良不虧。君仁則臣直，拜手陳古辭。以文爲詩，不加追琢。和次山韻，即神似次山，少陵亦有此體。

歲暮行用少陵韻。

天寒鼓柁生悲風，殘年白頭高浪中。地經江徼飽焚掠，夜夜防賊彎長弓。荒村哀哀寡婦哭，山田瘦盡無耕農。男逃女竄迫兵火，千墟萬落倉箱空。昨夜少府下急牒，軍興無策寬蜚鴻。新糧舊税同立限，入不及格書駑庸。有司纍纍罪貶削，緡錢難鑄山非銅。朝廷寬大重生息，群公固合哀愚蒙。揭竿扶杖盡赤子，休兵薄斂恩須終。

姑山草堂歌用少陵韻。

上書不踏金華省，蒼頭瘦馬銜沙冷。拔劍不割金門肉，老寺殘僧鐺折足。姑山草堂天下重，松菊東籬閲晉宋。園宅全因賓客荒，才名未逐風塵用。嵚崎歷落誰能嗤，煙波五湖足釣絲。秦淮垂柳楚州雪，病夫吟眺恒相期。重逢酒樓下，色定還驚疑。浩蕩江海人，何意來京師。門巷疏花掩深酌，高城鼓角寒星落。總教世事屬青雲，但愛吾徒有丹壑。拂袖長辭驃騎府，脱粟安用公孫閣。盧龍葉隨邊霜來，江南林澗還秋苔。短裘日暮何爲哉，芒鞵竹杖無氛埃。留君不住羡君去，蕭蕭易水揮殘杯。

樟樹行用少陵韻。

古樟輪囷異枯柏，植根江岸無水石。風霜盤互不計年，枝榦扶疏距論尺。望中轉柁愁易過，道旁掉臂真可惜。其下蕭瑟楓林青，其側參差茅宇白。十年躍馬桑乾東，雙松詰曲慈仁宫。紫鴿翔舞避偃蹇，蒼龍蜒蜿回虚空。今來荒野忽有此，數畝陰雪争天風。當時萬幕駐金甲，大樹颯沓開神功。勿言將壓煩榱棟，傲睨高原川谷重。寒翠寧因晚歲凋，孤撑不畏狂瀾送。地近軍城耀水犀，天開阿閣巢雲鳳。自古全生貴不材，樟乎匠石憂終用。合肥時用杜韻，而能以意驅役，絶無趁韻之迹，所以高於衆人。

飛來峽

湞水沿江曲，雙崖浪欲吞。石欹崩峽口，雲湧盪天門。地截蛟龍斷，山埋日月昏。樓船飛渡後，惘惘失空村。

癸未十月初七日以言事下獄

社稷關元老，憂天語信狂。九重容折檻，萬死待浮湘。鹿馬人猶眩，龍蛇道已荒。賈生年少哭，終是負巖廊。此崇禎時下獄也，亦爲彈劾權貴，旋赦出。

吴郎南征賦别

一劍朱雲得，今看出匣鋒。飯難忘鉅鹿，人不異盧龍。國士知弓冶，家聲薄鼎鐘。擊奸兼破賊，吾欲捲書從。

感事和王子雲韻

江潭摇落自行歌，威鳳驚聞有罻羅。三黜風雷天意定，百年環玦主恩多。賈生豈愛投荒去，張禹終如折檻何。去國未收憂國淚，蒼生十載望巖阿。

登晴川閣小飲

大別山前落照遲，丹梯百尺正逶迤。天連江漢迷煙艓，人傍星辰倒玉卮。歲晚不消芳草夢，路遥難約旅鴻期。寒風乍捲濤如雪，却憶淮南八月時。

登高風物鬱蒼蒼，何處寒花發戰場。吴蜀健兒猶裹甲，漢江游女自褰裳。中洲鸚鵡萋芳草，隔岸樓臺受夕陽。滿眼昆明消一醉，烽煙真不上漁航。

初歸居巢感懷

失路人歸故國秋，飄零不敢弔巢由。書因入雒傳黄耳，烏爲傷心改白頭。明月可憐銷畫角，花枝莫遣近高樓。臺城一片歌鐘起，散入南雲萬點愁。六語用少陵意，何禁藴藉。

秦淮社集白孟新有詩紀事和韻

放船煙水色蒼然，盡謝朱門酒肉羶。落日鳳臺邀李白，離宫花譜泣伶玄。十年蘭艾天難問，諸子膺滂事可憐。虎豹於今儘蕭索，吞聲還似九關前。時逆案既定後，大奸已除，而正士猶罹文網，故有此歎。

雪航侍御還朝

青霜一夕起鴛班，有客乘驄萬里還。苜蓿夜肥西極馬，葡萄秋入玉門關。盛名博望槎同遠，往事朱游檻獨攀。長爲膺滂生意氣，盈廷卿相已摧顔。

留别彦遠自注：歸自淮陰，爲予停帆五日。

子夜吴趨錦瑟彈，人歸江海各風湍。誰憐縱酒嵇中散，不異揮鋤管幼安。名重爾偏藏著述，路窮吾轉諱飢寒。西山薇蕨東山屐，輸與時賢白眼看。

慰朱蒿菴都諫以言事謫官

掖垣封事朝朝下，誰並朱雲折檻名。斷獄已無于定國，上書空累竇游平。批鱗君肯謀妻子，引手吾終愧友生。一斥未須悲仗馬，從來騏驥慣長鳴。愧己不能援引，而終望其不改直節，是古人心事。

蒿菴都諫謫官建寧

乍聞鳴鳳下丹霄，捧檄重驚去路遥。當殿人誰同慶忌，謫官天許對皋陶。風霆正足旌狂直，禄秩將無點聖朝。到日島門烽燧息，蕉紅榕緑引輕橈。引用古典，天然隊仗，是此老本領。

丘曙戒侍講謫倅瓊州

南武山川一葉舟，行看蜃氣吐危樓。無天有海原奇境，撾鼓迴帆亦壯遊。地逼崖門春漲黑，嘯清簾閣戰旗收。相逢瀧吏多嘲笑，笑汝如弦愧曲鉤。即『九死南荒吾不恨，兹遊奇絶冠平生』意。

寄彭禹峰方伯

得時鷹隼豈卑栖，行省威名播狄鞮。屐折圍碁千帳静，檄成横槊萬山低。軍中轉粟青天上，使者論功大夏西。柔遠古惟恩信重，年來象馬倦霜蹄。

生辰曲 自注：時余在獄中。

琉璃爲篋貯冰霜，諫草琳琅粉澤香。哭泣牛衣兒女態，獨將慷慨對王章。慶夫人生辰也。

薌澤之中，自有風骨。後日不受一品封誥，有自來矣。

上元詞和善持君韻

紫霧晴開鳳闕初，五侯絃管碧油車。芳閨此夕殘燈火，獨照孤臣《諫獵書》。

贈歌者南歸

長恨飄零入雒身，相看憔悴掩羅巾。後庭花落腸應斷，也是陳宮失路人。

百嘉村見梅花

天涯疏影伴黄昏，玉笛高樓自掩門。夢醒忽驚身是客，一船寒月到江村。脱去梅花窠臼，清絶超絶。

上巳將過金陵

倚檻春愁玉樹飄，空江鐵鎖野煙銷。興懷何限蘭亭感，流水青山送六朝。自是佳句。

題絳雪吴君畫册

賣珠補屋意高閒，萬叠煙霞擁玉顔。想像亂峰晴雪裏，自臨眉黛寫青山。其人品高潔可知，林下之風，不止閨房之秀。

國朝詩别裁集卷二

長洲沈德潛歸愚纂評　男　種松校字
江陰翁　照齋堂　長洲周　準欽萊同輯

曹　溶

字潔躬，浙江嘉興人。崇禎丁丑進士，國朝官至户部侍郎，著有《静惕堂詩》。○芝麓長於近體，秋岳長於古詩，而古詩之中五言尤勝。惟著述太多，不免良枯並見耳。芟而薙之，是在持擇者。

韜光菴和高忠憲公韻

選日届山宇，意適常有餘。喧寂兩無染，乃得還其初。古草幽更緑，巢鳥鳴階除。獨往泉上遊，人境忽已疏。簷表得微路，高下隨所如。肅肅清晝闌，月出松林虚。解帶聊宴息，豈曰非我居。見道語，不在忠憲公下。

答顧寧人

北鄙寡同儔，中情正枯槁。謬蓄四方略，救溺甚援嫂。束縛無所施，空堂對衰草。有美三吳傑，險要動深討。良馬碧玉鞍，興到踏豐鎬。熯土既經時，行李濕秋潦。西南徵調繁，萬里賦納藁。囊有本務書，利病滿懷抱。采掇及細流，訪我平城道。艱辛戈戟間，匡坐説蒼昊。撞鐘得洪音，太樸去纖縞。汲古沃其根，枝葉倍姣好。下視班張徒，炫目但虛藻。是月涼露零，長邊靜杲杲。旨酒共話言，愁緒惄如擣。我性本浮游，悠忽將終老。外物喪本真，進德未能早。蒙君下鍼砭，宿疾期一掃。自知良獨難，人鑒庶爲寶。原本少陵，豈惟形似？寫亭林有用之學，可以濟時。其人在焉，呼之欲出。

憫荒二首

寇禍烈兹土，舉目無故觀。百里一空城，蓬蒿鬱相蟠。村嫗土中出，肘肉傷凋殘。生長不識布，石灰暖我寒。匍匐向前途，力盡酸肺肝。苦菜萌已晚，采之不能餐。撤屋備朝薪，露處難久安。邊境既流離，内地何由完。宸聰聽還卑，討論窮衆端。減賦息長徭，萬方用騰懽。寇禍以後，復遭奇荒。一二語抵人千百言也。『久行至空巷，日瘦氣慘悽』同是一種筆墨。

遊民輕去鄉，擔釜卧溝側。未知何方好，奔走昧南北。無乃吏政苛，聊欲避所逼。持檄疾招來，計口給汝食。誠恐失初心，展轉成盜賊。踉蹌返前村，日影正曛黑。面目半已改，父子不相識。勸汝秉鋤犁，隴上藝黍稷。婦女勿嬌惰，軋軋當户織。壯者習彎弓，努力衛邦國。人事苟脩持，天道豈終極。

墮驢行簡葉星期

横山山人出無車，浩興欲往鍾山隅。葛衣炙日僅掩骭，腹底萬卷聱牙書。奇書嶽瀆鮮能載，况此風雪橋邊驢。雪昏石滑驟欹側，前却俄頃紛趦趄。中途一蹶在平地，長耳狡詐奔荒墟。仕路艱危靡不有，陷阱往往生巾裾。萬物之靈盡如此，驢也學步師其餘。山人前年宰邗邑，陽侯毒噣不得舒。堤成澤國始平陸，遍挽魚鼈歸耰耡。豈徒民疾快完聚，車馬孔道皆安徐。無錢竟觸長官怒，一朝謗篋遭斲除。多才自昔召傾覆，更乃傲骨丘山如。瘦驢效尤聊復爾，未若此輩深而狙。山人熟識倚伏理，細事那足煩嗟歔。長干六月暑氣合，晝橈宛轉銜清渠。三日行藥兩日卧，趫健不異少壯初。慎勿悔此暫時失，詩腸遽使添鬱紆。隨驢一笑古有諸，會看治象開皇輿。調笑長官，不顧面赤，而食不下也。

李雲田以虔州懷予詩見示奉答

避兵曾説到江東，十幅春帆下北風。烽火依然連郡國，文章真解誤英雄。夢迴老友蓬蒿裏，淚盡軍州鼓角中。歲月奔馳還話別，異時搔首望征鴻。

酬徐子能山人

武原狂客閉關居，花外新傳尺素書。重見偉長留撰述，不教元亮擅籃輿。玉山暖映春風動，鐵甲晴收水國虚。痛定較量流寓事，皋橋遺蹟定何如。子能有軟脚病，故以陶公之籃輿比之，措辭爾雅。

秋柳

灞陵原上百花殘，堤樹無枝感萬端。攀折竟隨賓客盡，蕭疏轉覺道途寒。月斜樓角藏烏起，霜落河橋駐馬看。正值使臣歸去日，西風別淚望長安。一往風神，秋柳社中應推高唱。

觀工人琢硯

廿年裘馬半從軍，羞見羊家白練裙。自笑歸裝輕似葉，不妨多載嶺南雲。廉石事舊矣，一經驅用，轉見其新。

許承欽

字欽哉，湖廣漢陽人，崇禎丁丑進士。

南唐官務久凋零，海國重來倚玉屏。不信窮途知己在，一雙鸜鴿眼常青。

錢塘江觀潮

驚濤直上海門西，欲捲青冥失會稽。銀漢倒流烏鵲迴，雪山飛壓鳳凰低。靈旗百萬驅雷鼓，强弩三千試水犀。霸氣至今消不盡，素車白馬駕虹蜺。從『越山渾在浪花中』化出，氣足神完，無一閒句閒字。

陳之遴

字彦升，浙江海寧人。崇禎丁丑賜進士第二人，國朝官至大學士。

北固山

危磴侵雲策杖遥，琳宫積翠擁岧嶢。煙開鐵甕生殘照，風起金山急暮潮。飲馬幾回虚割據，卧龍從古混漁樵。六朝佳麗依稀在，花月春江響玉簫。

周亮工

字元亮，河南祥符人。崇禎庚辰進士，國朝官至刑部侍郎，著有《賴古堂集》。

○櫟園愛才，比於芝麓，衆望歸之，詩或未能相埒矣。兹録其情真韻遠者。

江行雜感

逐客江干夜寂寥，無端鐵笛起中宵。深秋梁苑新沙磧，明月清溪舊板橋。萬里夢回千嶂雨，一帆風動五更潮。草堂空有農書在，桑柘如今盡已凋。

舟中與胡元潤談秦淮盛時事，次元潤韵

紅兒家近古青溪，作意相尋路已迷。渡口桃花新燕語，門前楊柳舊烏啼。畫船人過簾波動，翠幔歌輕扇影低。明月欲隨流水去，簫聲只在板橋西。秦淮盛衰備著板橋，雜記詩中，已見其概。

寒食後一日新鄉道上示許傅巖

南轅西向濁河邊，嘆息時違境屢遷。半綻桃花全待雨，平飛柳絮欲爲煙。嫩車羸馬吹新火，古道荒林拜杜鵑。烽燧十年歸未得，却愁明發渡旃然。

靖公弟至

荒城兀坐對燈殘，歸計先愁百八灘。爾又遠來余未去，高堂清淚幾時乾。此詩之真者。

喜蔣用敬至自閩南

海水群飛百丈高，同君城上擁弓刀。戰瘢莫共燈前看，恐惹霜華上鬢毛。

趙進美

字韞退，山東益都人。崇禎庚辰進士，國朝官福建按察使。◯韞退長於論詩，王漁洋贈之以詩云：『風塵憔悴趙黄門，嶺表遷移役夢魂。昨見端州書一紙，説詩真欲到河源。』

冬日田家二首

北風夜來息，苑宇覺微暖。比鄰機杼鳴，平疇麥葉短。初日聚童穉，坐卧雜雞犬。屋梁懸衆耜，寂寞歲事晚。石寒溪流澈，雪霽燒痕淺。疏林不隔煙，冬野能見遠。飛鴻顧前渚，饑烏噪空坂。長嘯登東皋，暮逐樵聲返。『冬野能見遠』，從『刈稻空雲水』想出。

星盡曉色分，日出飛鳥外。高枝殘雪壓，寒村散微靄。田家門始開，籬落聞犬吠。草際風未定，樹杪霞猶在。方見牛羊群，一一遠嶺背。農夫倚杖立，默念將卒歲。鳥雀鳴堦前，兒女笑窓內。八口飽新粒，未冬完官税。皎皎清溪水，颯颯幽林籟。板橋無屐迹，静與草舍對。時有舊鄰家，拂石坐相待。

武昌雜感

朔風隨白日，水立天晝昏。江漢難分流，歲暮蛟螭尊。怒鱗拔巨浪，勢欲無厚坤。鱣鮪亦跳梁，變化隨山根。舟楫不可恃，客意誰與論。遥望耆舊里，丁彼漢運屯。我懷沔上翁，長歌歸鹿門。

太原

漠漠寒沙映戍樓，亂餘烽火未全收。天清句注連雲起，木落汾河抱郭流。白草晝明吹角晚，黄榆風冷射雕秋。亦知萬里輕行役，歲暮旌旗發旅愁。

梨花

暮煙無語更依依，清影含春望欲稀。疏近瑣窗留月照，寒垂網户見鶯飛。共停閣外青絲騎，細舞燈前白紵衣。莫向後庭歌玉樹，故宫風雨已全非。起結最佳，語超而韵遠，此詠物體也。若少陵又成一格。

冬夜集梁園水堂

千門初月動笳聲，秉燭虛堂夜氣清。大漠風雲乘塞入，危檐星斗落尊明。交情四海誰懸榻，天意中原未厭兵。亦有一丘堪自老，故園東去虎縱横。

南康登樓

返照臨高閣，寒煙澹澹分。空城何所有，一半是匡君。唐人風格中，近祖詠《終南殘雪》。

彭而述

字子籛，河南鄧州人。崇禎庚辰進士，國朝官廣西布政使。○禹峰初成進士時，思陵校武，命射，九發九中。後參熊文燦軍，張獻忠勢窮僞降，禹峰力言其僞，乞即誅之，以杜後患。文燦意在苟安，受其降。獻忠旋降旋叛，卒成大禍，由不用禹峰謀也。禹峰詩雄豪魁壘，有摩盾横槊之風。

衛藩舊邸遇酒南將軍

又是悲秋日，初筵動旅情。若能爲楚舞，何處得秦聲。翠羽當軒媚，紅粧耀甲明。興亡無限感，灑淚忽沾纓。酒南，酒泉郡之南也，寫女將如生。

别滇中寮友之官粵西

二月春風已送寒，詔書昨日下長安。宦遊不謂邊城苦，遠别其如知己難。孝武石鯨昆水動，日南銅柱海光寒。鷓鴣亭子梅花驛，萬里征人馬上看。神完氣足。

再登黃鶴樓

飛樓縹緲著江干，霜髩登臨記往年。隔岸春城浮檻外，亂帆斜日到樽前。山連秦蜀開荆甸，水下東南盡楚天。回首滄桑生感慨，孫劉興廢幾茫然。

庚寅八月六日憶母

遺恨行輈阻太行，難堪此日又瀟湘。安東未遂憐温嶠，黨錮無名恥范滂。萬里依人空作客，十年遇主尚爲郎。蕭騷短髩經秋日，鴈杳江城憶故鄉。憐己之不能事母，而又恥未與黨人，可以悲其志矣。

鄂渚别趙興寧柱史之官滇南

春城煙雨酒盈巵，大别山前賦别離。黔郡猶傳秦歲月，昆明應識漢旌旗。千盤路上梹榔塢，一線天開瑇瑁池。他日益州來驛使，武昌雲樹足相思。

孫廷銓

字枚先，山東益都人。崇禎庚辰進士，國朝官至大學士，謚文定。○文定歸田，乍過五十。居山莊，焚香却埽，日事著書。精琴理，得意忘言，興寄絃指之外。

渝關道中

菀柳荒亭下，殘碑古戍前。秋光晴到水，山色淨於天。氣變蟲音急，河沉月影偏。鳴雞催候吏，問渡石溪船。

詠史

田叔歸來竇后傷，蕭條梁苑下微霜。一時賓客多枚馬，不遣雄文悟孝王。

李雯

字舒章，江南華亭人。崇禎壬午舉人，國朝官中書舍人。◯雲間六子，彝仲、卧子外，便推舒章。吴日千書其詩卷後云：『庾信文章真健筆，可憐江北望江南。』蓋悲其遇也。

横江詞

江鳴牛渚磯，浪打三山曲。何處最傷心，春水平帆緑。平帆遠落生暮霞，東風自吹桃李花。思君不見望江閣，夜夜江潮向妾家。何減崔國輔小詞，可以怨矣。

經東阿懷曹子建

昔時曹子建，封邑在東阿。曠代無祠廟，空山對女蘿。角弓愁勢險，玉食恨才多。小雅斯人志，因風發浩歌。『角弓』十字，已盡子建一生。

太平寺聞子規

谿山月出滿青林，杜宇千聲怨碧岑。越國何年來蜀魄，離人此夜發吴吟。君爲花鳥羈愁主，余有江湖浩蕩心。同在天涯一相遇，太平鐘鼓曉沉沉。

高珩

字念東，山東淄川人。崇禎癸未進士，國朝官至吏部侍郎，著有《棲雲閣集》。○侍郎遊山陰，得句云：『笻杖古松流水外，蒲團脩竹緒風間。』王漁洋命畫作二圖。

河上

流水向人間，向水人亦爾。客心何淡淡，清波正齒齒。人境兩蕭然，太清遊無始。勞勞車馬塵，誰是滄浪子。簡淡有味，近高忠憲。

使君怒

巡鹺使者來何許，平干太守顔如土。敲扑卒吏血滿堂，豸冠詬厲如虓虎。卒吏附耳守再拜，事上禮儀聊具備。使者一笑迴春陽，還朝薦爾真循良。

如見其人，如聞其聲。『地勢使之然，由來非一朝』，令人興嘅無已。

聞舟師相語

天風争順逆，人事有參差。昨我停舟處，知君得意時。

讀此詩，可以釋人矜躁。

送阮亭東歸，時予亦有歸志

青山約略有前期，猶聽驪歌亂客思。少折都門東去柳，霜條留待我歸時。

贈雪海姓郝名浴。

西清重到侍垂衣，萬死人從涓水歸。正可極言天下事，莫言主聖諫書稀。雪海見吴三桂跋扈，上封事策其必反。三桂誣奏，流徙盛京。後三桂反，起官巡撫廣西。

歸舟雜興

逐岸移舟屢轉篷，乘流自可任西東。人生末路佳方穩，何用登舟祝順風。驟得志者讀之，如炎月中服清涼散。

宋之繩

字其武，江南溧陽人。崇禎癸未賜進士第二人，國朝官翰林院編脩。著有《載石堂詩》。

戊子人日寄懷陳南士

人日逢人少，相憐必故人。亂多天未厭，老至歲難新。塵霧荒村合，田廬鬼國鄰。與君生計拙，寂莫返吾真。起連用三人字，不見其佻。『老至歲難新』，工於造句。

隨蹕雜記

殿門嚴鼓發，萬竈撤周廬。絶壁成馳道，堅冰過屬車。後塵詢父老，初日指邨墟。共識三驅意，何勞諫獵書。此不諫之諫。

車聲方隱隱，夜色已蒼蒼。山勢開天險，河流接大荒。人眠千嶂月，馬嚙萬群霜。行幄東南近，風清禁漏長。

梅花

一年蠟屐幾回看，待到花開惜到殘。漠漠凍雲連近遠，荒荒野月照清寒。於人疏落如無意，寫爾高空正自難。記得遥山舊茅屋，破扉朽几一枝安。通體空寫，爲極熟題開一生面。

梁清標

字玉立，直隸真定人。崇禎癸未進士，國朝官至大學士。著有《蕉林詩集》。

王鐵槍

王鐵槍，真男兒。人留名，豹留皮。河上血戰志不移，梁運既去一木支。問破敵，期三日。讒毁既已行，大功那可必。鬬鷄小兒事業成，國耻未雪寧偷生。朝梁暮晉者誰子？段凝之輩真如蟻。嗟乎，義士一死重太山，碭山朱三群盗耳！良禽栖木貴能擇，將軍之死亦可惜。表其忠勇而惜其失身，此最持平之論。

送李蘅若同年之嶺右

五嶺天垂盡，曾經馬伏波。氣蒸飛鳥避，木合夜猿多。猺洞堪傳檄，樓船尚枕戈。漢家銅柱在，事業莫蹉跎。

送蕭都閫之雲中

緩帶翩翩早策勛，旌旄北逐雁鴻群。日高涿鹿消邊雪，馬渡飛狐起朔雲。却敵吹笳劉越石，彎弓飲羽李將軍。坐看紫塞烽煙絶，盾墨先馳露布文。

送張仲若司馬開府雲中

甲帳風清晝不讙，壯君三十早登壇。每燒北闕蓮花炬，俄進西臺獬豸冠。組練千群應變色，塞垣六月自生寒。居庸關外山形峻，涿鹿雲開駐馬看。比『幽州白日寒』更進一層。

送李吉津出塞

生别妻孥出塞門，嚴城哀角動黄昏。文章自昔憎時命，痛哭終當感至尊。漢吏多持廷尉法，中朝誰舉鮑生旛。此行漸入龍庭去，不用投詩弔屈原。

送張伯珩同年按蜀

銜命西行白簡寒，儒臣初著惠文冠。蠶叢惟有青燐起，伏莽當如赤子看。按部諸侯爭負弩，洗兵三峽見安瀾。茲行雨露沾殊俗，無復興歌《蜀道難》。第四語即龔遂治渤海之心，末言蜀道非難，尤得立言之體。

包孝肅祠

孝肅祠堂劍珮閒，香花墩畔聽潺湲。嚴霜落後瞻遺像，濁水澄時見笑顏。異代姓名童語習，中宵風雨鶴飛還。古今此地無關節，白日孤城冷蜀山。

拜張許六王祠歸德，即古睢陽。

名城蹀血共安危，道左飛塵剩古祠。六矢當年知號令，千秋爲厲見旌旗。江淮力障孤軍日，睥睨風生苦戰時。每讀昌黎書傳後，傷心南八是男兒。

蕉林書屋絶句

澹煙晴日滿簾櫳，春色依依上小紅。客爲看花頻載酒，海棠開否問東風。

柳敬亭南歸白下

軍中軼事語如新，磊落寧南百戰身。爲問信陵當日客，侯門誰是報恩人？

王崇簡

字敬哉，直隸宛平人。崇禎癸未進士，國朝官至禮部尚書。◯公於國初奏明末殉難諸臣，在内范景文以下十三人，在外蔡懋德以下五人，皆當卹贈。議從祀，謂潘美忌功，不當祀。張浚三任軍政，皆大敗，殺曲端，忌岳飛，亦不當祀。皆議論之正大者。説詩謂：『論格之正變，不如論聲之正變。清和廣大者爲正，志微噍殺者爲變也。』亦最平允。

姚若侯至感贈

側身天地歲時遷，豈意重逢北斗邊。萬里風波雙眼内，三年悲喜一燈前。獨宜縱酒聊諧俗，何處狂歌可問天。莫向帝城懷往事，五陵松柏半荒煙。

新秋感興

憶昔誰人秉國成，甘泉烽火歲頻驚。盈庭聚訟惟鈎黨，伏闕求官藉論兵。坐使威權歸北寺，遂令盜賊躪西京。五陵豪貴皆塵土，日暮青燐徧野横。黨禍之興、邊庭之壞、宦官之毒、流寇之禍，一時駢集，雖欲不亡，其可得乎！

殉國曾聞有數公，犯顔敢諫向來同。衛宫幾見楊文義，伏輦還逢嵇侍中。荆棘荒涼悲夜月，蟪蛄哀怨弔秋風。至今箕尾光難滅，古木寒煙恨不窮。此表殉國諸公。

漁陽秋色照桑乾，日暮沙飛雁度難。御苑金莖迷細草，上方銀漢挂闌干。西風欲訴明妃怨，千載空歌易水寒。悵望高天成太息，數聲清角月中殘。

李　瀅　字鏡月，江南興化人。順治乙酉舉人，著有《敦好堂詩鈔》。

望羅浮歌

我聞博羅一山拔地起，邈絶霄漢横蒼煙。何年蓬萊卷石浮海至，丹梯翠棧相鈎連。自注：《南越志》：山本蓬萊一小峰，在海中，自會稽浮往，與羅山合而爲一。僊靈窟宅萬古在，是爲朱明耀真之洞天。其間琪花瑶草蔽崖谷，砰訇鉦鼓鳴層巔。石樓玲瓏員嶠見，鐵橋崒嵂青冥懸。五嶺迢遞不得到，梅花村畔魂夢牽。揭來道上聞玉女，指點金支璇闕虚無間。豐隆列缺，手劈坤維。水簾千丈，海風倒吹。葱蒨見怪竹，咿啞聽碧雞。更有蛺蝶大於斗，五色絢爛雌雄飛。下與三茅通洞壑，上與列宿争光輝。吁嗟乎！羅浮之勝有如此，只今相望疑尺咫。我欲移短笻，裹糧偕諸子。手弄羅浮之青霞，口饜羅浮之石髓。伏虎巖前天樂鳴，飛雲塔外狂歌起。三更峰頂見海日，滄溟一片浮紅紫。李白平生最好奇，浪傳失足墮蒼耳。何似青鞵布襪萬里遊，矯首扶桑接弱水。望羅浮，情無已。羅浮本仙人宫闕，寫此題，自應有飛仙之氣。

武昌漫興

轆轤嗚咽夜無聲，腸斷陰雲壓楚城。鉅鹿黄巾漂戰血，壽陽白馬擁殘兵。鵑啼蜀道江濤冷，烏啄延秋劫火明。廿載瘡痍多涕淚，故宫荒草暮雲平。

登五老峰

灊霍岧嶤漫比倫，自注：黄帝以灊霍二山爲南岳副，漢武帝以衡山遐遠，乃徙南岳之祭於廬山、灊山。五峰拔起劈崑崙。泉流峭壁虹蜺挂，石壓枯籐虎豹蹲。下界鴻濛疑未闢，太空星漢欲高捫。讀書頭白匡山後，怪爾青蒼萬古存。

楊思聖 字猶龍，直隸鉅鹿人。順治丙戌進士，官四川布政使。著有《且亭集》。

入棧紀行

極望峰巒稠，雲飛常没頂。空翠霑衣裳，墮作澗溪影。花鳥亂聽聞，心眼細細領。晞陽射碧潭，石粼碎光炯。蒙籠草成陰，樹老身戴癭。山鬼時一嘯，肅肅毛髮冷。前行隔後行，後嶺迷前嶺。

暮投黄牛宿，荒垣洩炊煙。樹柵防虎過，昏黑燈火連。旅食敢求餘，菽麥性所便。屋角枕巨壑，水石聲潺湲。勞生驚物役，憂心中夜煎。起坐當語誰，仗劍淚潸然。

棧雲易爲雨，朝行蒙霧露。崖樹架連橋，奔流澗石怒。攀緣争一隙，時防馬足誤。山禽鳴翠屏，幽陰衆壑赴。始知所歷高，下見夜來路。壯懷在馳駈，漫自賦《感遇》。

客子悲遠道，旅途未遑安。整裝凌晨發，帶雨度柴關。灘石相舂激，雲生暗峰巒。步滑屢欹仄，衣濕何時乾。强顔慰僮僕，談笑輕波瀾。中情默自傷，何能駕羽翰。胎原少陵入蜀諸詩，而不襲其面目。

飄風行

黃雲覆天天蒙蒙，飄風撼地地欲動。百丈層冰結重陰，白日無色勢澒洞。獵獵寒風殺氣高，驚沙撲面利如刀。馬毛蝟磔雁聲苦，魚龍凍蟄狐狸嗥。燕南濟北人蹙蹙，死者含冤生者哭。總有樂土那可移，奮飛不及鷲與鶩。監門入告皇心傷，詔書十道被遐荒。可能遭此風霜歲，忍待明年春麥黃。

魏裔介

字石生，直隸柏鄉人。順治丙戌進士，官至大學士，補謚文毅。著有《兼濟堂集》。○國朝諸大典，半屬文毅奏議所定。學宗朱子，著有《約言録》《知統録》諸書。風節侃侃，時稱『二魏』，謂公及敏果公也。

薤露歌

波流湯湯，逝不竭兮。出日入月，景不滅兮。人命無常，遞相閱兮。用意高於原辭。

將歸操

河之水兮波洋洋，我不濟兮非無梁，迴車東望涕沾裳。

送宮紫玄歸廣陵

秋盡寒山出，羈人不可留。劍光衝暮雨，霜氣冷征裘。薊北黄金貴，淮南桂樹幽。送君從此去，濯足大江流。

魏象樞

字環極，山西蔚州人。順治丙戌進士，官至刑部尚書，謚敏果。◯公爲本朝直臣第一，彈劾必匪人，如余司仁、劉顯貴、程汝璞諸人是也。薦引必正人，如湯文正斌、陸清獻龍其二公是也。任都御史時，特命巡察畿輔，攘除尤見風力。歸田後，書數千卷外無長物。嘗笑曰：『尚書門第，秀才家風。』又可想其清節矣。

甲申闖賊陷寧武關，周總兵戰死

自注：公諱遇吉，遼東錦州衛人。賊至，大戰城下，死之。城陷，其妻某氏督婦女巷戰，矢盡亦死。〇三月初三日作。

大呼高帝出城闉，三百年來此一身。帳下投醪多戰士，軍前拔幟是孤臣。裹尸不愧真男子，擐甲曾聞有婦人。若使將軍猶未死，彗芒那敢近中宸。末二語意，流賊李自成亦言之，見忠義之氣能動寇賊也。同時武臣，如劉澤清輩，不啻蛆蟲糞穢矣。

哭友

昔年乍去身猶健，昨夜空傷萬里魂。海上鱷魚驕白日，庭前鵩鳥下黃昏。遺書暗灑孤臣血，垂死仍銜故國恩。最是聖朝容直諫，許君骸骨葬平原。此貶官海南，歿於戍所者。

趙　賓

字錦帆，河南陽武人。順治丙戌進士。著有《學易菴詩》。

海口柬李芳洲

積水流天外，茫茫萬里秋。估船經島國，潮響到城樓。浩蕩乾坤小，奔騰日月浮。蓬萊君咫尺，果否有滄洲。

長安喜逢彭禹峰

湖海元龍氣未除，雄心寂寞付樵漁。罇開北海新桑落，膝抱南陽舊草廬。倜儻指揮天下事，才華驅使古今書。含香朝罷門庭冷，掃逕同君賦《子虛》。

送孫九畹僉憲蜀中

畫省人空鳥晝啼，使君持節漢江西。驛亭虎鬭驚鄉夢，棧道虵盤怯馬蹄。荒服舊傳鹽井遠，烽煙近報雪山低。蠻方萬里歸王會，漫向甘泉説碧雞。『虎鬬』『虵盤』十四字，刻畫寫之，而一歸於穩。

贈巢梅峰候調旋里

此日纔聽故國鐘，風吹石岸冷芙蓉。河魚曉進高堂膳，蠟屐晴登少室峰。十載還鄉人老大，三春伏枕夢從容。草堂暫卧仍須出，未許香醪醉菊松。十載還鄉，巢之旋里也。三春伏枕，已之懷巢也。

李　霨

字坦園，直隸高陽人。順治丙戌進士，官至大學士，謚文勤。

舟發浦城

地形下東南，灘溜如箭疾。客行衝霧雨，扁舟僅容膝。粼粼沙痕高，齒齒石鋒密。礧砢礙中流，鉅細狀非一。狹逼驚濤飛，深沸漩渦溢。舟檝巧紆避，籙盪神先怵。篙師一失手，勢與洪流汨。眩眼雜卉稠，送客奔崖崒。駴奇豫初覽，過險怕縷述。乘流怪浮生，坎止私願畢。

初發都門

六年東吏舍，所向困局迫。出郊茲晨始，豁若樊籠釋。望山懷故栖，遵途感新陌。回首魏闕高，塵沙黯將夕。微軀墮世罟，拮據事行役。豈無四方志，悲與親愛隔。曠寂均苦樂，浮生安所擇。起滅情無端，沉思莫能擲。宗法『選體』，不流入於剽輕，猶得謝公遺意。

楓嶺

楓嶺與梨嶺，南北相拱揖。石脉固潛通，蟠峙各獨立。林木互糺紛，亂峰森戢戢。其巔判閩浙，風土隔邦邑。躋崖俯絶谷，轉道僅微級。凌空危橋滑，束澗鳴溜急。負擔盡游估，攀緣如蟻集。傷哉營微利，走險詎夙習。下見稻畦人，驚客舉簑笠。馳騖違所性，邅迴增憂色。

喜晤孫星衡社丈述贈

昔判長安袂，烽煙障薊丘。窮交惟我在，遠道爲君愁。豈意三年别，同爲萬里遊。晤言如夢痳，於邑豈能訓。通體一氣。

送楊賢甫副憲祀華嶽江瀆

聖代懷柔秩典章，首嚴岳瀆奠金方。中丞暫假祠官節，宗伯親頒御府香。挺秀三峰連漢畤，安瀾萬里下瞿塘。新秋莫訝無殘暑，驛路風清白簡霜。

王紫綬

字蓼航，河南祥符人。順治丙戌進士，官翰林，出爲浙江糧儲道。著有《知咫堂詩集》。

送潘世衡内陟少宗伯

從龍仗策自關東，江上頻行御史驄。錢穀暫煩蕭相國，儀文終藉叔孫通。百年禮樂方開闢，一代車書欲混同。天子垂裳問民事，入朝應奏未央宮。

哭師

生死親營一畝宫，瓣香誰解爲南豐。敢云貍首斑爲美，常恐牛眠卜未工。門下易名蕭潁士，帳前負笈馬扶風。吹臺賦罷人何往，嗚咽黄流水自東。

高枕加餐二十秋，炙雞絮酒冷松楸。憑將夫子呼楊震，不見藐孤哭鄧攸。生死情難忘北面，往來路易慟西州。樹頭何必千金劍，歲歲爲添土一抔。師爲劉文奇，汴人，流寇困汴時，跳城而走者。蓼航少受經學，終身敬禮之。見所作墓志。

馮溥

字孔傳，山東臨朐人。順治丁亥進士，官至大學士，謚文毅。◯文毅力薦魏環極爲名臣，在閣不詭隨、不矯激。詩以雅正爲主，不争長於字句之間。

漢文帝幸代圖

漢帝當年歌《大風》，歡留父老樂融融。誰知將相和調後，更有君王賞讌同。每飯未嘗忘鉅鹿，故居猶是念新豐。旌旗十萬雲中駕，休擬登臺出塞雄。從高帝歌風一氣直下，第六語又復回環，結意見異於武帝之耀武。此種篇法，惟少陵有此變化入神。

宋琬

字玉叔，山東萊陽人。順治丁亥進士，官浙江按察使。著有《安雅堂集》。

○觀察天才俊上，跨越衆人。中歲以非辜繫獄，故時多悲憤激宕之音。而泝厥指歸，仍不盭於中正，此詩中之變雅也。王新城稱爲『南施北宋，惟愚山足以儷之』，洵爲定論。

先大夫諱日

墜葉豈更榮，流波無重回。哀哀古孝子，痛哭嗟瓶罍。喟余少薄祜，賦無淩雲才。側聞過庭訓，愛惜如瓊瑰。弱齡把鉛槧，慈顔爲之開。乾坤當百六，梁木忽然摧。譬彼玄鳥雛，巢傾罹梁災。譬彼松下草，霜落成枯荄。自我歌鮮民，星紀凡屢該。況乃忝符節，隴山崔以巍。松阡渺何處，莫剪蒿與萊。飄蕭生素髮，膝下無嬰孩。緬想夜臺内，惻惻傷其懷。誓言守遺教，敢令官方乖。庶以清白風，稍酬罔極哀。叙述生平，而誓守庭訓，以肅官方，是能遺親以令名者，知循吏即是孝子。

贈蜀中李鵬海進士

昔君射策明光宫，騰驤燕市驊騮空。誰遣妖星逼天闕，鼎湖竟墜烏號弓。小臣攀髯死未得，重繭萬里還鄉國。劍閣崖峨戰血腥，豺狼竊據昏巴僰。八口淒涼何所歸，窮途那免寒與飢。長鑱作伴拾橡栗，短褐不完歌采薇。清渭灘頭釣魴鯉，誅茆結屋將已矣。亭邊呵止故將軍，驢背誰知前進士。青鞵竹笠秦川來，登高懷古羲皇臺。酒酣拔劍鸜鵒舞，夢回巫峽秋猿哀。達人自古嗟飄蕩，鼓刀而屠太公望。天子宵衣問隱淪，徵書旦夕磻溪上。鵬海歸於蜀亂之後，於其行也，作詩以憐憫而慰勞之。

從軍行送王玉門之大梁

有客有客髯而紫，左挾秦弓右吴矢。自言家本關中豪，黄金散盡來江沚。年來倦上仲宣樓，裹糧且訪侯嬴里。腰間匕首徐夫人，河畔荒丘魏公子。懸知弔古有深愁，慷慨登車不可止。自從盗決黄河奔，大梁未有千家村。烽火但增新戰壘，塵沙非復古夷門。短衣聊向將軍幕，長劍終酬國士恩。落日驅車臨廣武，春風試馬出轘轅。丈夫佩印乃恒事，安能鬱鬱老丘樊。王郎顧我深嘆息，一見歡喜如舊識。此行不但爲封侯，人生貴在抒胸臆。江上楊花白雪飛，梁園芳草青袍色。盾鼻猶堪試彩毫，鶯聲聊爲停珠勒。醉後狂歌氣若雲，軍中教戰容如墨。春風拂地車斑斑，起看明月攬刀環。平臺賓客久零落，至今汴水空潺湲。憐予偃蹇風塵際，年來磬折凋朱顏。已知苦被雕蟲誤，强弩欲挽不可關。待爾他年分虎竹，相從射獵終南山。

詔獄行

秋官署中有老吏，能説先朝詔獄事。當時國是日紛紜，太阿柄倒歸閹寺。天子高居問尚公，公卿標榜排清議。遂有群凶作爪牙，贙虎蒼鷹最毛鷙。長樂宫前傳片紙，金吾夜半飛緹騎。衛尉將軍身姓許，提點官旂北鎮撫。讞决惟增王甫歡，縶囚難解張湯怒。洗垢新懸沉命法，揮毫已入追魂簿。甫聞北闕殺劉陶，旋見西亭尸竇武。白骨交撑裹赭衣，殘骸誰敢收黄土。爾曹自謂盤根株，殺人狐媚誇良圖。豈知神理有反覆，昊天明明安可誣。神姦脱距競菹醢，亦有然臍當路衢。長安萬姓歌且舞，賣釵鬻釧沽醍醐。海水群飛桑畝移，俛仰乾坤又一時。三君八俊俱塵土，膺滂田竇無墳基。彤管堪嗟《酷吏傳》，青苔半蝕《黨人碑》。我今何爲淹此室！圜扉白日啼寒鴟。冤魂欲招不敢出，但聞陰風蕭颯中心悲。中心悲，淚盈把。酹酒呼臯陶，臯陶竟喑啞。古來萬事難問天，蠶室誰憐漢司馬。君不見，城上烏，啄人曾不問賢愚。新鬼銜冤向都市，年年寒食從獄卒口中聲嗚嗚。北鎮撫，許顯純也。『洗垢新懸沈命法』以下六語，謂楊左諸公畢命事也。詳述往事，而主意全在己之詔獄，賓意轉詳，主意轉略，極見作法之變。

行路難

身不必賢良書，名不必茂才舉。便便飽五經，詎若工三語。鄉里小兒車上儛，大字新銜謁府主。三年前在廊下趨，白頭老儒徒踽踽。漢家公卿半刀筆，平陽之後有丙吉。家家少牢祀鄴侯，有兒莫讀《天人策》。駟馬銀鞍金作魚，何足道哉二千石！

棧道平歌爲賈膠侯尚書作

君不見，梁州之谷斜與褒，中有棧道干雲霄。仰手可以捫東井，下臨長江浩汗洶波濤。大禹胼胝恐未到，帝遣五丁開神皋。巨靈運斧地維坼，然後南通巴蜀西羌髳。虵盤縈紆六百里，千迴萬曲緣秋毫。懸車束馬弗可以徑度，飛騰絶壁愁猿猱。漢家留侯真婦女，烈火一炬嗟徒勞。噫嘻乎！三秦之人困征戍，軍書㸃午如蝟毛。銜枚荷戈戟，轉粟窮脂膏。估客爾何來？萬里競錐刀。須臾失足幾千仞，猛虎蝮虵恣貪饕。出險灑酒始相賀，燐燐鬼火聞呼號。泰運開，尚書來，恩如雨露威風雷。一呼集畚鍤，再呼伐薪柴。醇醲澆山萬夫發，坐看巉巖削盡爲平埃。噫嘻乎！益烈山澤四千歲，火攻莫救蒼生災。昔也商旅魚貫行，今也不憂狼與豺。昔也單車不得上，今也康莊之途足以走連輂。僰童巴舞貢天府，桃笙賨布輸邛崍。歌《豳風》，擊土鼓，賈父之來何晚哉！豐功弈弈垂萬祀，經濟不數韋皋才。中朝袞衣待公補，璿璣在手平泰階。西望劍閣高崔巍，側身欲往空徘徊。大書深刻告來世，蛟龍岌嶪磨青崖。金穿石泐陵谷徙，我公之功不與伏波銅柱同塵埋。賈中丞，名漢復。平險爲夷，因作歌以頌之，歌勒於觀音碥崖石上。○出後人手，幾成德政歌矣。此服其筆力之大！

喜表弟董樵書至

數枉山中信，江湖問逐臣。憐予常作客，知爾尚依人，刀俎驚前夢，漁簑老此身。故園風俗薄，猶有葛天民。

己酉過姜如農東萊草堂

拜杖端門下，孤臣命若絲。何堪天譴日，即是國亡時。諫草傳梅尉，扁舟混子皮。似君幽隱處，獨有白鷗知。姜以建言廷杖，譴戍宣城，明社旋屋矣。後終於吴，葬於宣城。

同時熊給諫，不異楚靈均。破衲稱開士，殘碑記黨人。老從方外友，悟彼定中身。應據生公石，軍持話宿因。熊給諫，名開元。亦以劾周延儒被杖，後隱於僧，故次章連及之。

寫哀

執戟霑微禄，棲遲仰大官。纍臣天不弔，聖主法終寬。宗祀哀羊舌，身名笑鼠肝。鬚眉真自靦，書札報任安。

馮唐墓

馮公昔未遇，執戟歎淹留。一薦雲中守，能寬漢主憂。古碑荒蘚合，高柳暮鴉秋。自笑爲郎拙，蕭蕭欲白頭。

送傅介侯督餉寧夏

賀蘭西望鬱嵯峨，使者乘春攬轡過。三輔征輸何日盡，二陵風雨至今多。邊城楊柳樓中笛，羌女葡萄塞下歌。君到坐傳青海箭，不妨草檄倚琱戈。七子遺響，尤近滄冥。

獄中長至呈同繫諸公 時大駕有事南郊。

圜扉望斷屬車塵，聞道鑾輿出禁闉。五夜斗杓初建子，孤臣霜鬢未逢辰。雉羅既説嗟何及，龍性誰言不可馴。猶有鍾儀數行淚，南冠相對共沾巾。三、四是活對法。

懷王敬哉 自注：時黄河决濟、兖間。

蕭條歲月孰華予，行步徘徊靡所如。刀俎堪驚身是鹿，雲霄還念食無魚。但留東海栽桑地，敢作南山種豆書。聞道宣房薪未塞，欲從太史問《河渠》。

夏瑗公先生廿載淺土，門人盛珍示卜地葬之，以其夫人祔焉，詩以誌美

幾年松檟缺經營，負土荒原賴友生。曾賦《國殤》哀翟義，竟無傭保付王成。月明大鳥來華

表，劍合雙龍捲素旌。二陸冤魂應共語，雲車風馬笑相迎。使事典切，六語見夫人祔葬，結但取冤魂及同爲雲間人意，機、雲，身分地位不必同也。

賀曾庭聞舉孝廉庭聞，江右人，易名中秦榜。

誰言才子竟蹉跎，天馬西徠萬里過。名姓在秦張祿貴，文章入洛陸機多。漢廷佇奏凌雲筆，羌笛爭傳出塞歌。隴上梅花憑驛使，好將雙鯉下黄河。

同東雲雛王心古諸君登華山雲臺峰

丹梯千仞倚嵯峨，萬轉盤紆出薜蘿。少華西來朝白帝，太行東望走黄河。欲從玉女窺蓮井，須向仙人借斧柯。襆被同君星漢外，方知天上白榆多。

華嶽

遥遥青黛削芙蓉，此日登臨落雁峰。霄漢何人騎白鹿，天門有路跨蒼龍。流沙弱水真杯勺，太白終南盡附庸。却憶巨靈開闢日，神功槖籥費陶鎔。

松風謖謖步虛聲，杖策高尋衛叔卿。星近祠壇光欲墮，月臨仙掌夜偏明。扶桑萬里天雞曙，箭括三更石馬鳴。誰信揚雄擅詞賦，不將綵筆記層城。舉頭天外，纔許落墨，不愧『五岳起方寸』語。

報唐采臣户部時自寧夏還朝

使君書札勸加飡，又報征車發賀蘭。秦地關山留庾信，漢家鹽鐵問桓寬。飛鴻夜度朱弦冷，邊馬晨嘶白草寒。遷客隴頭憔悴甚，故人傳語到長安。

登西嶽廟萬壽閣

崔嵬傑閣玉爲寮，白帝離宫倚絳霄。檻外河山三輔小，嵓前觴豆百靈朝。明星環佩雲來濕，仙掌芙蓉雨欲摇。會御長風凌絶巘，青鸞背上夜吹簫。

鸚䳇

雕籠萬里托征鞍，辛苦何辭行路難。幽閣恰添嬌女伴，方音猶作部民看。且分薄俸供杭稻，莫遣春風瘁羽翰。流水隴頭相憶否？朔雲邊月不勝寒。

送張蔚生明府之任劍州

棧閣崔嵬涪水西，芙蓉十二與雲齊。幾年漢使迷金馬，萬里江流見石犀。講學文翁今再覯，勒銘張載有新題。相思愁殺峨眉月，山木蒼蒼杜宇啼。

九日同姜如農、王西樵、程穆倩諸君登慧光閣

塞鴻猶未到蕪城，載酒登樓雨乍晴。山色淺深隨夕照，江流日夜變秋聲。上方鐘磬疏林滿，十里笙歌畫舫明。空負黄花羞短髮，寒衣三澣客心驚。悲壯沉鬱。

刀魚

銀花爛漫委筠筐，錦帶吴鈎總擅長。千載專諸留俠骨，至今匕箸尚飛霜。

舟中見獵犬有感

秋水蘆花一片明，難同鷹隼共功名。檣邊飽飯垂頭睡，也似英雄髀肉生。

蔣　超

字虎臣，江南金壇人。順治丁亥賜進士第三人，官翰林院編修。著有《綏菴集》。◯綏菴素無宦情，自稱前身峨眉老僧。徧遊名山，後入蜀，歿於峨眉山之伏虎寺。

金陵舊院

錦繡歌殘翠黛塵，樓臺已盡曲池湮。荒園一種瓢兒菜，獨占秦淮舊日春。極濃麗地，偏寫得荒涼如許，感慨係之。

文殊院

紫玉屏風敞佛筵，諸峰如笏上青天。偶來山寺空無主，驚起白猿松際眠。

王　熙

字子雍，直隸宛平人。順治丁亥進士，官至大學士，謚文靖。

春日扈從南海子觀大蒐

上苑回春馭，傳呼夜漏催。六龍雲裏下，八陣日邊開。細草鳴鑾地，雄風買駿臺。應知宸算遠，不爲詰戎來。

宋徵輿

字轅文，江南華亭人。順治丁亥進士，官至副都御史。◯雲間詩家推陳卧子、宋轅文、李舒章。卧子蹈海後，宋、李並名於時，未嘗有所軒輊。

參軍行

檀州軍敗涕南陷，鐵騎西山逼雲棧。九門辛苦坐公卿，按兵不動有高監。玉堂美人胡不平，上書北闕苦論兵。參軍新命一朝下，單騎夜出長安城。是時主將盧司馬，獨將西兵兵力寡。不教國士死黄沙，别遣參軍向城下。參軍不行司馬嗔，參軍既行軍伍陳。北向再拜謝至尊，曰臣象昇死國恩。鼓聲闐闐軍出壘，司馬一呼創者起。三萬邊兵夜合圍，孤軍雖勝終鬭死。朝廷頗輕死事功，翻疑訟疏多雷同。司馬幾受斵棺慘，參軍一官成轉蓬。嗚呼！權臣報復有如此，疆場誰肯攄孤忠。以紀賈莊之敗也。高監，名起潛；參軍，楊廷麟。時樞輔楊嗣昌嫉盧忠烈正直，不與援兵，高起潛擁兵坐視。忠烈與大軍戰，重創死。嗣昌誣以降，又誣以遁，幾至斵棺。廷麟力辯其冤，得免。忠佞顛倒如此，明社所以屋也。後參軍亦以守城死。

下灘

孤舟瀉石灘，雙槳下雲端。浪湧分花落，濤驚濺雪寒。亂山皆曲向，飛渡却迴看。千里無諸國，天南自鬱盤。一起如覩巴船出峽圖。

古意

碧玉堂西紅粉樓，樓中思婦憶涼州。咸陽橋上三年夢，回樂峰前萬里愁。秦地煙花明月夜，胡天沙草白雲秋。離魂不識金微路，願逐交河水北流。酷似楊升菴《塞垣鷓鴣詞》。

林天孫自漳州來見訪，天孫乃黄石齋先生弟子，時黄先生被逮

燕市霜飛五月寒，投荒君子更南冠。謫同賈誼官仍奪，時異靈均死亦難。大滌春陰猿鶴怨，武夷秋雨薜蘿殘。自注：大滌、武夷，皆先生講學處。憑君歸報金雞信，重掃先生舊講壇。

冬閨夜怨

落盡飛雲暮色寒，黄昏北斗照闌干。可憐一片如霜月，惟有深閨獨自看。

鄧　旭

字元照，江南壽州人。順治丁亥進士，官翰林院檢討。著有《林屋詩集》。

錢塘看潮

夜發富春江，午纜錢塘岸。不見當時射潮者，天際煙波空浩瀚。須臾海門走疋練，白虹蜿蜿吐長綫。漸看鰲背負山來，洶湧頓令天地變。龍吹笛，鼉擊鼓，馮夷天吴江上舞。萬斛舳艫如敗葉，怒濤一捲送平浦。伊昔惟聞東流之水無盡期，沃焦澒洞爲漏巵。云何已逝壑，而有還源時。應是伍胥文種恨不滅，無路叩天氣填咽。故教雪浪排長空，古今噓吸無時絶。

贈鳳凰山咸菴禪丈，菴名鳳巢

萬緑藏深壑，苔龕路幾層。側身同蟻進，牽臂學猿騰。累重緣留髮，栖幽欲妬僧。半生遲引退，應悔鏤春冰。

季振宜 字滄葦，江南泰興人。順治丁亥進士，官御史。

潼關有感

興亡非一代，形勝覽層樓。渭水千年濁，秦山萬里秋。豺狼互吞噬，盜賊化王侯。郵置無餘馬，皇華不肯休。

李　敬　字聖一，江南六合人。順治丁亥進士，官刑部侍郎。

清明泊瓜步阻雨

愁思如芳草，春程不斷生。停雲連野色，過雨挾江聲。瓜步新添水，清明遠送行。强從吴客語，歸計羡朱櫻。『停雲』十字，漁洋賞之，謂其不減古人。

讀《水經注》懷洞庭

坐倚巴丘俯洞庭，君山一十二峰青。不聞修竹來仙吹，但有孤鴻送客舲。欲辨水天惟北斗，若當風雨即南溟。舊遊浩渺如春夢，兀看酈元注《水經》。

繆慧遠

字子長，江南吴縣人。順治丁亥進士，官壽陽知縣。○經義推巨手，韻語亦復雅健雄深。

雉子斑

雉子斑兮，其羽煌煌。雄雌朝飛，阡陌相將。十步一啄，載飛載藏。誰爲𢄂樞，體負文章。南山媒翳，北山羅張。樊籠既入，形容無光。恭承嘉惠，食以稻粱。爾雖小物，耿介莫當。局促一世，生不如亡。微命既釋，感恩未央。遲遲春日，膏澤徜徉。願同黄雀，銜環君旁。

友人過訪

茸城愁絶各風煙，傾倒今朝倍黯然。坐上清歌聞《子夜》，人生行樂及丁年。三春會面常多阻，百罰深杯且共傳。舊事淒涼言未盡，簷花落久雨纖綿。

有感

湘水桃源欲問津，衣冠處處哭秋旻。寧同白馬殲朝士，肯爲黄巾赦黨人。行澤楚臣應抱石，上書梁獄幾全身。驚心南國添繒繳，解網還邀聖主恩。胸懷磈磊，以詩寫之，盡成激楚之音。

烽煙海内尚兵鏖，奮衰論才得爾曹。紫塞重彈《白翎雀》，金門競奏《鬱輪袍》。蒼茫夢裏詢蕉鹿，浮拍池中把酒螯。長嘯獨期千古事，詠懷何必《反離騷》。

憶遼左故人

生歸何地更逢君，蘭忌當門自昔云。東雒少年無賈誼，制科風漢獨劉蕡。蕃釐種徙瓊花絶，遼海魂啼杜宇聞。篋裡故人封事藁，雨窓撿點淚紛紛。

曹垂燦

字天祺，江南上海人。順治丁亥進士，官遂安知縣。

插秧詞

桔槔未動商羊舞，老農出社迎貓虎。薰風靈雨及時來，秧水齊添土膏膴。針苗剪剪緑初齊，如卦行行立畛畦。隴畔柳濃斜挂笠，農歌聲裡鵓鴣啼。自辰至午不停手，厨下炊羹并剪韭。老翁提饁餉田間，甕中更有新篘酒。日晚水田聚斜笠，移時火耨農功急。寄語食租衣税家，莫忘辛苦盤中粒。『如卦』句，所謂『立苗欲疏』也。

沈永令

字聞人，江南吴江人。順治戊子副榜，官高陵知縣。○初知韓城縣，時湯文正爲潼關道，以循良重之，其政治可知也。詩亦宗仰唐人，不染竟陵習氣。

再次淮上對月

半年沙塞月，今夜映長淮。砧杵深閨夢，關山旅客懷。遥知燈下卜，敲斷髩邊釵。何日花前影，清光共玉階。『今夜鄜州月』念閨中之懷遠，此寫客中之念家，境地相同，深情宛合。

咸陽寓中

老應甘棄世，壯已不如人。楚越燕秦路，東西南北身。鏡中俱是雪，塞外不知春。何日滄江返，磯頭穩釣綸。

秦中

深秋沙草馬長嘶，塞柳千條覆曲隄。水落渭河諸派合，天圍華嶽萬峰低。舊遊金谷雲煙散，故國銅駝枳棘迷。紫氣近來東望滿，函關何用一丸泥。顧茂倫稱此詩沉雄瑰麗，可追盛唐，其氣象然也。下章亦然。

登華

歷歷星辰尺五懸，洮雲隴樹望相連。天高西北長空盡，勢控燕秦大地偏。煙杪一丸關百二，河流如綫路三千。此身托足知何處，仙掌擎來霄漢邊。

分水龍王廟

南爲吴水北燕雲，結伴登臨喜得群。七十二泉從此合，三千餘路恰平分。安瀾已下褒封詔，沉璧無煩草檄文。惟有仲宣行役苦，登樓久已悔從軍。

引汶水合七十二泉之水注於南旺，平分南北以利轉漕，此宋禮從白瑛之議也。三、四語真寫得盡。

贈檗菴禪師

師爲楚嘉魚人，天啓乙丑進士，筮仕吴令晉吏垣。崇禎壬癸間，建言廷杖詔獄。滄桑後遂爲僧。康熙乙卯，駐錫江城，距作令時，閲五十寒暑矣。永令以昔年童子，受知門下，感賦是詩。

浮生閲盡幾滄桑，獨卧寒雲擁竹床。百鍊身猶餘鐵石，萬言字尚挾風霜。列朝文獻徵遺史，一代天龍護法王。士女争來瞻瑞相，使君故是宰河陽。

檗菴，即熊開元也。以彈周延儒廷杖，後爲僧。門下士感慨賦之，如讀本傳。

國朝詩別裁集卷三

長洲沈德潛歸愚纂評　男　種松校字
江陰翁　照霽堂　長洲周　準欽萊同輯

施閏章

字尚白，江南宣城人。順治己丑進士，官江西參議。康熙己未，召試博學宏辭，官翰林院侍講。著有《愚山詩集》。◯南施北宋，故應抗行。今就兩家論之，宋以雄健磊落勝，施以温柔敦厚勝，又各自擅場。◯王漁洋云：『門人洪昉思問詩法於愚山，愚山曰：「子師言詩，如華嚴樓閣，彈指即現，又如五城十二樓，縹緲俱在天際。餘則譬作室者，瓴甓木石，一一俱就平地築起。」洪曰：「此禪宗頓漸義也。」』今觀兩家詩，此論確不可易。

警志詩

洋洋景運，六轡徂流。爾征爾邁，不我眷留。維帝賚予，靡德不具。既具既完，逝不我顧。

拾穗雖利，不如躬耕。束炬夜馳，不如早行。鴟争腐鼠，鳳餐竹食。翔視千仞，下罕雛匹。懿我祖考，争道策驥。腹我目我，遑敢隕墜。昔遊東魯，攝衣孔庭。俯仰瞻聽，實邇儀型。匪哀匪慕，泣涕如雨。愴如亡子，初見父母。軌臻回賜，文企姬秦。不暫爝火，持照千春。隕霜警木，世難厲德。懷璧負途，智士不惑。猨則穴果，獺則祭魚。誰爲令人，不勤是圖。皇皇朝夕，望晷心慄。如岸斯崩，如虎將咥。冉苦抱痾，顔不待耇。敬爾良時，并宵作晝。步步實踐，歸重下學，不落宋人塵腐，是曰詩品。

升天行

丹鳳一雙，乘雲上翔。俯視八極，中路徬徨。一解。下土小臣，心思太古。言叩天門，手擊天鼓。雷雨晝迷，噤不得語。二解。天閶高高，高不可即。但見群仙，玉女侍側，貨財千億。自注：『黄金既成，貨財千億。役使鬼神，玉女侍側。』見陰長生《仙詩》。小臣昧死頓首言，天闕清虚，安用貨財千萬億？願丐下土小民作衣食。三解。仙人持節，問汝何所求？小臣不願富貴，願假赤螭，遊戲十洲。山無崩徙，河海安流。天子萬年兵革罷，小臣魯鈍，但當貧賤長優游。四解。

○仙人猶重貨財，此爲小民衣食計。借題抒寫，大臣心事，昭然若揭矣。

浮萍兔絲篇

李將軍言：部曲嘗掠人妻，既數年，携之南征，值其故夫，一見慟絶。問其夫，已納新婦，則兵之故妻也。四人皆大哭，各反其妻而去。予爲作《浮萍兔絲篇》。

浮萍寄洪波，飄飄東復西。兔絲附喬柯，裊裊復離披。兔絲斷有日，浮萍合有時。浮萍語兔絲，離合安可知。健兒東南征，馬上傾城姿。輕羅作障面，顧盼先光儀。故夫從旁窺，拭目驚且疑。長跪問健兒，毋乃賤子妻。賤子分已斷，買婦商山陲。但願一相見，永訣從此辭。相見肝腸絶，健兒心乍悲。自言亦有婦，商山生別離。我戍十餘載，不知從阿誰。爾婦既我鄉，便可會路岐。寧知商山婦，復向健兒啼。本執君箕帚，棄我忽如遺。黄雀從烏飛，比翼長參差。雄飛占新巢，雌伏思舊枝。兩雄相顧詫，各自還其雌。雌雄一時合，雙淚沾裳衣。狀古來未有情事，以比興體出之，作漢人樂府讀可也。無書無筆，人不敢道一字。

過鞏嶺

崇岡陟崚嶒，鳥道繞山腹。仰探白日短，俯瞰陰霞伏。魚貫度行人，疲馬蹢躅。春晴多好風，吹我巖壑緑。農畊嶺上雲，婦飯溪中犢。羈心曠登陟，瘠土見風俗。華陽靈蹟閟，杖策尋石屋。

早春三天洞至仙人巖

寒巖斂衆妙，惠風蕩疏木。洞穴無人居，玲瓏闢華屋。春陰香乳流，谷温瑶草緑。出户見前峰，重雲無斷續。乘興復杖藜，行歌散煩促。古樹含丹葩，餘雪長靈瀑。僧扉鑿陽崖，茶臼入深竹。采真客安往，悵望空山曲。

臨江憫旱

瘠土嗟薄穫，歲豐長忍飢。戎馬况叠跡，田園成路蹊。荷鋤代牛力，播種良苦疲。朱火肆燎原，禾稗同一萎。民亂如恐後，况乃驅策爲。徒跣呼百神，嗚咽致我辭。政拙未敢苛，召災今則誰。雲漢何皎潔，箕斗正參差。心知閶闔遠，側向高天啼。明日急芻餉，吞聲重涕洟。『歲豐長忍飢』，即所云『樂歲終身苦』也。防民亂，懼召災，呼天而訴，如讀《雲漢》《正月》諸變《雅》。

悲野雀

行經沂州，有餉鵪鴿者。哀其義，不忍食。或曰，州人捕雀爲業。嗟乎！蕪田不耕，羅及野雀！作詩示州人。

枌榆繁羽族，瑣細無定名。所謀非稻粱，不與雞鶩争。張羅始何日，遂使風俗成。機發盡掩覆，一羅殲群生。持此飲啄具，充君鼎俎烹。苦匏託體微，不足一杯羹。同類爲啾啾，失侣長哀鳴。君輟筵上箸，請聽簷外聲。讀末二語，雖老饕亦應動心。

新都戍

自注：新安亂後，留戍以蒙古諸軍也。

玉屏山草盡，練江江水渾。丈人看飲馬，千騎如雲屯。腰間横大箭，遊戲走平原。射雁落雲中，逐兔過田園。割鮮不須臾，腥血殷盤飧。漢兒芻秣久，相馴通語言。此輩尚猛鷙，好惡難具論。往年賊破郡，去年蹂榆村。驅除借厥力，到今防禦存。居人遠竄匿，白日黄塵昏。何時罷兵戰，天河洗乾坤。即老杜《留花門》意。

祀蠶娘

華燈白粥陳椒漿，田家女兒祀蠶娘。願刺繡裙與娘着，使我紅蠶堆滿箔。他家織縑裁羅襦，妾家賣絲充官租。餘作郎衣及兒襖，家貧租重還有無。蠶時桑遠行多露，好傍門前種桑樹。比張王樂府，轉見性情之正。

牽船夫行

十八灘頭石齒齒，百丈青繩可憐子。赤脚短衣半在腰，裹飯寒吞掬江水。北來鐵騎盡乘船，灘峻船從石窟穿。雞豬牛酒不論數，連檣動索千夫牽。縣官懼罪急如火，預點民夫向江坐。拘留古廟等羈囚，兵來不來飢殺我。沿江沙石多崩隤，引臂如猿争叫嘯。秋冬水澀春漲湍，渚穴蛟龍岸虎豹。伐鼓鳴鐃畫艦飛，陽侯起立江娥笑。不辭辛苦爲君行，梃促鞭驅半死生。君看死者僕江側，火伴何人敢哭聲。自從伏波下南粤，蠻江多少人流血。繩牽不斷腸斷絶，流水無情亦嗚咽。末幅歸咎新息，真無可奈何之辭。

岃崱峰

危峰矗立鼓山頂，目盡閩天萬山影。磨崖上有紫陽書，光芒倒射扶桑冷。雙江會合蛟龍遊，三山滅没人煙浮。島嶼東看入海氣，空青一髪指琉球。洪濤忽起天地動，羲和返駕寒雲愁。吁嗟乎！白日苦短，青髩已斑。天風何泠泠，吹我骨珊珊。念欲乘風揮手去，八表萬里何當還。鸞驂鶴馭良不遠，鯨吞蟻鬭誰能閒，回首大笑哀人間。

射烏樓行 自注：爲周櫟園先生紀事。

越王城邊烏啞啞，射烏樓頭烏不下。周侯破寇此城頭，到今殺氣城烏愁。先皇丙申歲七月，寇來海畔盈山丘。疾如長鯨吞巨舟，城中號哭聲啾啾。侯方解官聽吏議，推守要害來烏樓。抗言立功須宿將，使貪使過皆保障。中有健手王老虎，陷陣摧鋒氣偏壯。群凶争踞豹頭山，咫尺烏樓正相向。蟻附蜂屯頃刻間，何人敢立女牆上。周侯清嘯决戎機，誓師慷慨裏鐵衣。指顧中堅發大礮，須臾萬骨黄塵飛。紫袍戎首正糜爛，一軍氣盡輿尸歸。總戎援兵適繼至，三山是日解重圍。當途方略固多有，功成乃出閒官手。烽煙既息烏樓空，烏樓壯績在人口。他年再集頭白烏，射烏還有周侯無。記事詩不嫌詳盡，此覺勃勃有生氣。以防亂作結，慮事尤爲周詳。

亂後和劉文伯郊行

斜日照荒野，亂山横白雲。到家成遠客，訪舊指新墳。戰地冤魂語，空村畫角聞。相看皆墮淚，風葉白紛紛。

慈仁寺松

直欲淩風去，翻從拂地看。摧殘經百折，偃仰鬱千盤。老閲山河變，陰兼日月寒。支離爾何意，不厭卧長安。

谿漲

谿漲全無岸，沙田又可哀。舟航浮郡郭，荇藻罥樓臺。過雨重雲黑，奔雷動地迴。蛟龍横得意，白日向人來。

懷侯韓振藍山

貧苦日相共，宦遊天一涯。有官真似水，無夢不還家。五嶺來山瘴，孤城接塞笳。別離春已暮，多恐鬢將華。

舟中立秋

垂老畏聞秋，年光逐水流。陰雲沈岸草，急雨亂灘舟。時事詩書拙，軍儲嶺海愁。洊飢今有歲，倚棹望西疇。

曲江得方學士甦翁先生書自注：時自塞外歸，暫客廣陵。

入塞仍羈旅，書來淚滿纓。悲歡成隔世，衰白重關情。遠竄全家在，生還萬事輕。幾時歸客夢，安穩石頭城。

叔父同弟阮遲予蕪關次日予北發

小泊聚江干，帆開淚未乾。路長催老易，家近恨歸難。長大看吾弟，浮沉付一官。今宵渾不寐，倍覺夜漫漫。家近難歸，老於宦途者知之。神明杜陵，乃有此種。

錢塘觀潮

海色雨中開，濤飛江上臺。聲驅千騎疾，氣捲萬山來。絶岸愁傾覆，輕舟故溯洄。鴟夷有遺恨，終古使人哀。『氣捲萬山來』，五字千古。

顧寧人關中書至

舊蹟滿西京，高談就友生。書曾搜孔壁，詩已變秦聲。多難餘身健，新編計日成。别來頭並白，望遠不勝情。

過湖北山家

路回臨石岸，樹老出墻根。野水合諸澗，桃花成一村。呼雞過籬栅，行酒盡兒孫。老矣吾將隱，前峰恰對門。『野水』十字，令穰、松年亦不能畫。唐人『時有落花至，遠隨流水香』，同一自然。

雨後

歸田復多病，寒雨送三春。高柳不藏閣，流鶯解就人。道心看物變，時論薄官貧。無限扁舟意，澄江滿緑蘋。三、四不讓劉隨州。漁洋取愚山五言近體爲摘句圖，爲學者式也。

淳湖尋邢景之

四海倦遊後，始知泛愛非。寸心如落木，逢爾復春暉。移榻連蔬圃，烹魚出釣磯。清歡成信宿，不是醉忘歸。

江行雜詠

鼓枻隨漁父，乘槎老客星。鶯聲花嶼暖，龍氣雨潭腥。波綠澄湘浦，天青合洞庭。誰知漁子飯，絶勝五侯鯖。

望衡嶽

衡山絶頂祝融峰，獨峙天南抗岱宗。水國風雷虚岫出，炎方冰雪半巖封。斜陽欲辨煙中樹，昨夜遥聞岳麓鐘。好駐星軺看日出，卧翻雲海盪心胸。

季天中給事以直諫謫塞外，追送不及

策馬送君君出門，朔風動地捲蓬根。孤臣抗疏甘身死，萬里投荒是主恩。笳吹天山邊月小，城連沙磧塞雲昏。心知去國無多淚，腸斷慈烏聲自吞。以忠君愛親表戍臣心事，老杜送人，往往如此。

登岱

日觀晴光傍午開，茫茫東見海爲杯。九州積氣峰前合，萬里浮雲杖底來。鄒魯山靈真莽蕩，吴閶練影漫徘徊。崑崙不到終遺憾，欲駕蒼龍首重回。

見宋荔裳遺詩，淒然有作自注：君按察四川，會滇蜀反，道梗，憂憤死。

好客生平酒不空，高歌零落痛無窮。西川終古流殘淚，東海從今少大風。國士魂銷多難後，離人望斷九原中。張堪妻子應誰託，巢卵長抛虎豹叢。『西川』句，謂蜀人懷其政教。『東海』句，謂山左失一雅宗也。王漁洋有《久不得荔裳妻孥消息》，詩中云：『九原悲馬鬣，八口寄蠶叢。』此篇結語亦復云然，猶見古交道焉。張堪卒於官，無託妻孥事，此約略語。

蒼梧雲蓋寺訪無可上人

精舍蕭疏山路斜，高人解組即袈裟。滄桑痛哭知無地，江海流離不見家。雲暗蒼梧飛錫杖，夢歸秋浦泛仙槎。與君坐對成今古，嘗盡冰泉舊井茶。上人即方密之太史。

至南旺

客倦南來路，河分向北流。明朝望鄉淚，流不到江頭。過南旺分水，水俱向北，淚滴水中，不復到江也。宛似唐人聲口。

送李萬安罷官歸里

歲暮歸舟一葉輕，歌殘酒罷淚雙傾。灘聲不是無情思，嗚咽隨君爲送行。

季開生

字天中，江南泰興人。順治己丑進士，官給事中。著有《出關草》。

尚陽堡即事口號

新燒懸崖淨積莎，遠隨甲騎渡柴河。虎頭在客休投筆，雞肋從軍漫荷戈。骨肉書傳遼塞少，林泉話入故園多。邊城老將秋霜下，夜半聞笳起自歌。

五雲長繞舊皇畿，萬里孤臣寄翠微。極塞有山皆北向，重邊無水不西歸。雞鳴夢訝參朝晚，烏哺心傷進膳違。寧惜煢煢沙雁影，陽回未得入關飛。忠孝之人，其言藹如。

送左大來先生葬

重關不禁旅魂過，夢裏看君渡塞河。白日總悲生事少，黄泉翻羨故人多。荒臺啼鳥圍松柏，廢苑寒雲鎖薜蘿。未遂首丘須淺葬，好留枯骨待恩波。宋轅文『時異靈均死亦難』，以死爲幸，此云『黄泉翻羨故人多』，以死爲樂，皆刻骨入髓語。

董文驥

字玉虬，江南武進人。順治己丑進士，官侍御。著有《微泉閣集》。

真定客舍對雪

窮陰滿太虚，積雪凍庭除。鴉點埋雲樹，童依宿火厨。君恩狐白厚，老病酒杯疏。江國寒梅早，垂垂已待予。紙上俱有寒意。

復過井陘口淮陰侯廟

背水千年廟，登壇百戰功。至今思赤幟，何處弔藏弓。春雨王孫草，靈風古木叢。淮陰年少子，終自笑英雄。漁洋極稱五六語自然。

庚戌元日，移家惠山舟中作

東風自信片帆斜，百里鄉園路豈賒。愛聽山泉因煑荈，並驅雞犬是移家。未聞春鳥來檣燕，已見寒梅笑岸花。萬國朝正看北極，十年拂霧馬歕沙。

去年元日棄孤臣，趙北燕南滯病身。八口一舟遷易散，自注：家人先歸。吴山楚水信難真。即看妻子還疑夢，高卧江湖又早春。只恐鶯花饒笑我，拂衣斑鬢已如銀。

十月初六發榆中，夜抵魚河驛

振野涼沙撲馬飛，孟冬絶塞已風威。王程中夜魚河宿，客路衝寒虎節歸。邊月黑時防失道，胡霜白處欲侵衣。南州此夕微暄暖，滅燭聽鴻坐竹扉。

王廣心

字伊人，江南華亭人。順治己丑進士。○先生經義，雕鏤襞績。時作駢體，而韵語疏暢條達，不以一律拘，賢者故不可測也。

送董蒼水遊楚粵

先朝直節董侍郎，鋤奸拜杖投南荒。百粵山川恣唫嘯，至今巖壑垂光芒。康樂登臨千載絶，蒼梧黯澹灘江咽。鐵城銅柱漫崔嵬，木客山猿自清切。侍郎之後君也才，文章早壓黄金臺。時無孔融不薦士，天人三策空歸來。丈夫壯志凌八極，越水吴山傷偪仄。瀟湘萬頃九疑煙，我有愁心蕩空碧。興來還看鬱林山，八桂堂深客思閒。荳蔻曉風啼翠羽，桄榔殘照落烏蠻。其間仕宧都賢者，酌酒論詩袖堪把。銅鼓峰前意慨慷，緑珠渡口人瀟灑。勸君莫過柳侯祠，少年失足良可悲。勸君勿謁伏波廟，七十據鞍達者誚。人生功何必勒昆吾鼎，貴何必入中書堂！淋灕翰墨飛夜郎，如君侍郎名亦章。采罷丹砂好歸隱，與君谷口話農桑。非貶柳州、伏波，勸其勿躁進、勿戀勛名也。前輩立言，每不以頌，而以規。

大梁行送林平子

燕山四月槐雨涼，酒徒擊筑官道旁。驪駒欲鳴慘將發，爲君慷慨歌大梁。大梁昔當全盛日，裂土苴茅建宗室。魏殿旌旗北斗翻，汴宫花石城東密。定王憲王皆好才，樊樓窈窕東堂開。誠齋舊帖龍文寫，樂府新題鳳管催。黄河如帶縈天闕，舞榭歌鐘幾時歇。兔苑賓朋白雪樽，鵾絃士女金梁月。中原千里接神京，叔父勤王更勒銘。雞犬願隨淮桂老，魚龍忽厭蔡河平。一朝風雨金隄决，殺氣蒼茫鼓聲絶。龍章十葉赤帝孫，却並銅人水中没。滄桑變易八九年，我來欲渡愁無船。宫闕崩頹半深澤，狐狸踉跳空荒煙。偶逢遺老驅豚出，端禮門中招共入。銀樓藻井荇帶穿，玉殿螭頭土花澀。因言此殿西北隅，飛廉九仞凌清虚。濁河波浪埋不得，依稀繡栱臨椒除。我登蘭雪軒，更倚端清閣。空梁夭矯墮盤龍，古柏陰森少調鶴。下尋石洞風翛然，黄塵不到秋光先。雲英既死梵燈滅，誰從此地求神仙。嗚呼此景當年識，近日傳聞更蕭瑟。華棟都輸少府錢，碧甍盡入空王宅。河山君到莫重論，艮嶽吹臺總不存。但得晴天看少室，短衣落日過夷門。大梁自流寇決河灌城後，王孫俱爲波臣，臣民可知矣！登高眺覽，百感茫茫。而以看少室弔侯嬴作結，想見作者胸次。

懷友

昔日燕臺側，相爲踏雪歌。君恩移白日，鄉信斷黄河。蘭蕙秋偏歇，風霜晚較多。短衣吹觱篥，獨奈歲寒何。

夏日招同毛子霞、徐臞菴、周金山、趙雙白、張研銘、漢度、董蒼水、沈雪峰諸子集，用雙白韻

掉臂兵戈際，如君行路難。江山同放逐，歌哭互悲歡。市跡尋梅尉，鄉心夢橘官。一身天地窄，祇是酒鄉寬。

夏日邀陳昌箕、魏惟度、許九日、周釜山小集，依韻酬陳昌箕

偶與仙翁草閣期，清尊碧簟晝棲遲。才名不忝三君後，人物能談萬曆時。綺季行藏巖桂老，少陵家國杜鵑知。可堪日暮山陽笛，淚落江城自詠詩。

送向西崑使蜀

廿年不到西川路，捧詔今看使者行。亂後草堂江燕在，春來劍閣杜鵑鳴。橋邊舊蹟懷司馬，山下新祠弔孔明。尚有焚香諸父老，相持杯酒話消兵。中兩聯俱憑弔古人。前用虛寫，後用實寫，不覺其犯。

直方夜過憶卧子談詩

偶逢宋玉過西鄰，把酒重論故國春。一榻早懸陳仲舉，《九歌》親授屈靈均。衣冠白社沉秋草，賓客黄初散洛塵。醉裏寒星空自數，天門騎尾竟何人。直方，即宋轅文。見談詩之旨同，而

立身、立名，各行其志也。當於言外思之。

王　庭

字言遠，浙江嘉興人。順治己丑進士，官山西布政使。○五言清絶如韋蘇州，不欲以學問才力勝人。

棧道中作

人行山上高，天在山中小。圓暉易沉夜，初陽遲報曉。馬走山樹巔，飛鳥出其下。雲連深洞迷，石缺危橋架。七盤非險途，三秋足清景。日夕留泉聲，誰能辨喧静。

雨後

落日殘雨餘，林樹半昏黑。南山白雲間，澹然見秋色。冷風何淒淒，微微野煙息。歸巢鳥更鳴，當户蟲還織。惆悵獨坐時，悠悠思何極。妙在淡然，不着痕迹。

潼關

關門高鎖處，飛鳥不能過。雉堞連群嶂，風煙俯大河。代更千戰少，勢在一夫多。入夜聞刁斗，軍聲壯若何。

曉雨

獨鳥鳴南園，曉來雨初息。空庭生秋陰，莓苔長寒色。只此已足。

周體觀

字伯衡，直隸遵化人。順治己丑進士，由翰林歷官參議道。著有《晴鶴集》。

秋螢和韻

振羽知無力，疏狂亂客扉。低空不礙暝，違候亦能飛。露濕流光浄，宵行抱影微。可憐秋色裏，相映亦暉暉。『達候亦能飛』五字，可味。

大報恩寺逢友蒼言別

正爾未能別，相逢暮景斜。久疏因在客，多病欲辭家。夜雨洗山骨，殘春落澗花。祖衣休早付，待我過棲霞。

人日次徐州

泗上逢人日，長亭許更過。春雲回白首，客夢度黄河。舊俗淮南異，前賢沛國多。至今小兒女，猶唱《大風歌》。

撥棹雜咏

不見當年劉克猷，西風吹淚過黄州。舊時江路能來否，落日招魂古驛樓。讀此，使人增交誼之重。

盧　紘

字元度，湖廣蘄州人。順治己丑進士。著有《四照堂集》。

望遠曲

明知人不歸，日日樓頭望。人尚在天涯，只疑行陌上。陌上紅塵逐日飛，何曾塵裏見人歸。經春歷夏無消息，撿點秋風又寄衣。

周茂源

字宿來，江南華亭人。順治己丑進士，官處州知府。◯《池北偶談》：宿來以刑部卹刑，駐節雪苑。有山人得罪，别駕欲加以刑，山人詭言秋部執友，冀緩其責，實未嘗謀面也。别駕謁周，問之，答曰：『此余好友。』山人得無恙，一時推爲長者。

過張文忠故第

賜第松臺麓，元臣主眷優。天章懸廢閣，相印没荒丘。議奪千官氣，身無十世謀。立談工巷遇，何似富民侯。此弔張江陵相也。江陵交馮保、逐新鄭，是其罪。鎮服九邊，名實不混，是其功。神廟始則尊如父師，過於寵。後至削籍破家，又過於薄。詩中江陵之氣焰，神廟之回惑，一一傳出。末以張禹之柔媚得君作襯，江陵功罪俱見矣。

薊門雜詠

十年樸被老諸郎，負病趨朝重慨慷。懸筆未消秦吏獄，持旌難發漢家倉。鄉心橘柚寒煙外，旅館芙蓉別苑旁。客至元談猶小劇，驚看青鬢欲如霜。以秋部出守，故有三四自訟語。

萬壑秋濤碣石摧，舳艫夜覆白溝隈。蛟龍怒閃靈旗出，雁鶩群争玉粒回。天道九年頻水潦，人煙三輔見蒿萊。司農籌國應多筭，民立東南亦可哀。時應河決，糧艘覆溺，故望司農入告。民立，用『立我烝民』句意。

樓船諸將日蹉跎，轉戰仍聞禁旅多。瀕海未收蒼兕甲，遠人偏進《白狼歌》。誰教解縛歸雍闓，莫更持書説趙佗。欲借片鴻聊問訊，家園杞菊近如何？此言諸藩未靖，而遠人漫進《白狼臣服》之歌，憂心欽欽，於斯可見。

雨中諸子集予機山别業

樵采閑時學苦吟，身如越鳥戀平林。偶然花月春江夜，共此蒹葭秋水心。山市酒鑪兵後少，草堂詩句雨中深。沈沈鐘梵聲俱寂，横笛還吹激楚音。

許纘曾 字鶴沙，江南華亭人。順治己丑進士，官滇中按察。著有《寶綸堂集》。

遊峨眉山歌

伊昔披《山經》，峨眉冠五嶽。傑然鎮坤維，蒼翠萬仞削。初疑宇内無此奇，今日所見更過之。乃知天地靈怪不可測，生平遊覽快意無如斯。既躡飛龍嶺，還登歌鳳臺。狂客已長逝，真人不復來。丹鑪火冷鶴駕遠，譚經石榻生莓苔。一步一驚詫，十步一徘徊。上有排空疊嶂翠欲滴，下有飛泉百尺聲如雷。巉巖鳥道崎嶇入，天門一隙雲光白。八十四盤最上頭，婆娑萬樹清陰碧。探帝座，凌丹丘，白雲飛揚，長風颼飀。積雪如嚴冬，凜冽披重裘。俯視岷江萬里蜿蜒僅一綫，蜀山千點參差羅列兒孫儔。花爲優曇色，鳥作迦陵聲。天香夜不散，法鼓晝長鳴。金輪忍土震旦推第一，赤髭白足，靈機妙道真難名。須臾報道佛光現，蒼茫雲海蒸奇變。爛似慶雲暈若虹，林巖五色增葱蒨。金橋突兀駕虛空，彷佛珠眉紺髮容。忽然雲散光亦滅，惟有朝暾蕩漾倒挂金芙蓉。睠此靈異境，神魂欲飛越。遠勝赤城梁，何數蓬萊窟。吁嗟蜀道之難，難於上青天，幾人能到峨眉巔？仙都佛國盡在此，請君莫惜多留連。飛騰滅没，後半尤爲荒幻凌空，可云善學太白。

睢陽行

大江之南多木客，古樹深篁叢窟宅。禹鼎銷沈老魅驕，野火游光兆形魄。譆譆出出逞神奸，空梁夜嘯霜天碧。年年里巷禳魚腥，逡巡社公常避席。有時幻作美丈夫，烏帽猩袍服御都。山魈按拍斑狸舞，桂棹蘭橈泛五湖。采蓮女兒樊素口，木下三郎求配偶。寶馬雲駢天際迎，傾城覼笑供箕帚。從此民間勤報賽，爟火村村凝靉靆。豪門娶婦亦危疑，先奏神絃羞沆瀣。楞伽廟貌更崔嵬，繡幕珠簾霄漢開。蘭堂處處笙歌競，綵鷁朝朝鼓吹來。畫屏廣列夫人坐，清揚妙相垂倭墮。祝史乘機壟斷張，阿母新來口侈哆。三吴今古如長夜，狐鳴篝火騰欺詐。蚩蚩不復畏三章，豚蹄斗酒求神赦。更有紅裙白面郎，踏青拾翠遊芳塘。長吏催科百不應，賣得新絲往上方。數百年來尚奸宄，江河日下誰能止。淫昏牲醴埒烝嘗，跛覡妖巫饜羊豕。龍虎真人道行高，撿挍功曹山鬼號。頻年尺一到江左，揶揄玩愒如弁髦。睢陽學士金閶彦，夜深常侍明光殿。金符大旆挾風霆，冰心苦節綏南甸。長空朗月照江濤，於菟出走蒼狼逃。木石之怪夔罔兩，猶向人間索五牢。中丞飛檄榜通衢，沉其土偶廬其居。故鬼亻亍新鬼竄，陰霾掃蕩天清虚。君不見，狄梁公，西門豹，水沈三老焚祆廟。又不見，旌陽尹，昌黎伯，斬蛟驅鱷服以德。從來忠信孚豚魚，千秋敦史銘金石。公今入朝帶劒履，前席殷勤報天子。璽書赫濯神祇驚，日麗中天民受祉。有道之時鬼不靈，當今海内長如此。敘睢陽湯文正公除五通神事，淋灕暢快言之。末歸到有道之世，其鬼不靈，尤極正大。○龍虎真人以法驅之，轉受揶揄。得此一襯，接入湯公，倍覺有力，此文章烘襯法也。

沈荃

字貞蕤，江南華亭人。順治壬辰賜進士第三人，官至禮部侍郎，謚文恪。著有《充齋集》。○明宣德時，雲間有二沈學士。大學士名度，小學士名粲，皆以善書得名。文恪，小學士後也，亦以書法見重於聖祖。

送雪龕兄任保寧

最憶閬中勝，雲山到眼迷。地從巴水折，天入劒門低。夜月桐花艷，春風杜宇啼。池塘應有夢，鄉思更淒淒。『折』字、『低』字，捶鍊得之。

寄懷張冷石先生

谿上老人五柳門，廿年高臥住江村。義熙日月閑中紀，商洛衣冠亂後尊。秋老漁簑吹鐵笛，春迴江岸擷芳蓀。何時再訪東軒下，濁酒黄花好細論。

送張篔山學士歸廬陵

襆被蕭蕭出鳳城，觚稜回首重含情。片言豈詡回天力，三宿仍辭去國名。聖德優容逾格外，臣心忠蓋本生平。曲江風度應相憶，莫戀空山猿鶴盟。三四語傳出直臣去國心事，此風人之旨，悻悻小丈夫未喻此也。

湯斌

字孔伯，河南睢州人。順治壬辰進士，康熙己未召試博學鴻詞，官至工部尚書，乾隆中補謚文正。有《潛菴集》。○是集以詩存人，不以人存詩，故有建豎功業，講明理學，而詩不存者。文正爲國朝第一流人，而韻語葩流，温温藹藹，洵爲德人之言，因亟登之。

夏日詠懷

初夏朝氣清，緑陰�竹閣。好鳥時來集，微風散林薄。養疴豐暇日，坐卧對雲壑。圖書紛几席，茗椀常間錯。偶爾屬篇章，怡情志簡略。采藥支短笻，尋泉踏芒屩。豈曰謝浮榮，明志貴澹泊。抗心懷古人，蕭然有真樂。

贈李映碧先生

蚤年登朝寧，端笏拜彤闈。抗疏表孤忠，旭日麗黄扉。維時甘陵部，南北勢相違。正色兩不阿，嶽嶽世所希。元祐盛名賢，黨論多是非。玄黃未息戰，國是將安歸。唯有哲人在，秉道還識幾。石室留諫草，夢回尚依稀。

魯國遺經火，口傳賴伏生。九十秦博士，典謨賴以明。文獻歸靈光，斗杓示景行。著述藏名嶽，大義何峥嶸。虎觀待鴻儒，丹詔下江城。老年難走趨，豈敢抗弓旌。抽書授使者，卷軸滿巨籯。白雲封巖谷，時聞鸞鳳聲。此徵召而未出者。不言秉高節，而云老年難走趨，即杜陵『聖朝無棄物，老病已成翁』意，須如此立言。

送李子德奉旨歸養

薊門疏雨淡秋陰，惟爾斯行重古今。賦就上林纔賜第，表陳東掖早抽簪。關河落照鄉山迥，驛路鳴蟬野樹深。到日高堂應戲綵，御香未散繞衣襟。

飲張爾成少參署中

高齋竹柏漏聲殘，促席停盃興未闌。千里風塵驚短鬢，十年供奉憶同官。霜深衛水雲帆壯，雪滿天雄玉塵寒。北斗共瞻新氣象，故人幾許在長安。

贈吴湖州

仙郎起草最知名，幾載褰帷雪上行。按部雨餘香稻晚，課農花發曉雲輕。南宫書畫添新譜，李相亭臺續舊盟。聞道賓朋常滿座，清尊真見古人情。

程可則

字周量，廣東南海人。順治壬辰會試第一，官兵部職方郎中，終桂林知府。著有《海日堂集》。◯湟溱詩俊偉騰踔，聲光熊熊，亞於漁洋，品在公戭、玉虬、鈍翁諸公之右，稱魯衛者，惟西樵乎！後之選嶺南詩者，秪取屈、梁、陳，而不及程，何也？

送家立菴太常歸皖山

好爵洵可貴，不貪良獨難。《道德》五千言，止足爲真詮。漢時二疏志，千載稱大賢。豈不念蒼生，身遂名亦全。象齒何爲焚，膏明將自煎。因君振遥策，懷古心悠然。

昔登白玉堂，文彩何郁郁。冑子承風規，諸儒稟芳躅。出持絶域節，入奉齋宫籙。一身爲千秋，此事亦已足。浩然思故鄉，懸車返初服。浮山七十峰，依稀作湯沐。辭達意足，五言正始。

送邵横菴之秦中

五月火雲燒幽州，大風驅之雲不流。昨夜雨來不盈掌，山鬼叫嘯農爲愁。遠聞秦中黑霜下，化作蚍蟦飛滿野。秦人瘠畏越人視，君今西去胡爲者？道是終南山色佳，四時衆壑鳴風雷。蓮花百丈青到眼，騎龍直上昇仙臺。君家昔人東陵老，種瓜却解塵纓早。我欲隨君問故侯，何由共踏青門道。

送楊鄂州職方使安南

皇帝在位閲七載，九州四海歌太平。烏弋黄皮稟漢朔，旅獒越雉來周京。安南君長處炎徼，北面久已輸忠誠。前年璽書予封爵，吾宗學士曾南征。立菴。歸來陳風對宣室，爲言此地無兵争。鸚鵡魚遊浪泊水，菴羅果熟安陽城。今年羽書忽馳至，族類不合仇相傾。蠻王更制略下邑，都尉倔强投昆明。憑陵三郡勢莫敵，女無繅繭男無耕。觸蠻之鬬豈足計？秖憐蹂躪憂蒼生。相如論蜀有往事，詔旨特簡才臣行。職方亭亭起三楚，鬚眉如戟雙瞳晶。昔年執法昆彌道，近襄九伐尤峥嶸。大臣推轂立召見，至尊御殿親書名。天語殷勤勞《四牡》，一時餞送來公卿。雙旌翻翻出北闕，八座赫赫過南荆。乘秋直入交州郡，雕題負弩遥相迎。憑君片言諭大義，調和二氏無佳兵。功成上書報天子，不用京觀封長鯨。伏波銅柱邈千歲，壯哉爾與同英聲。嗚呼！男兒萬里遠遊志亦足，不爾蝸廬跼蹐虚吾生。以天語調和兩氏，自應煒煒煌煌。『蠻觸之鬭豈足計？秖憐蹂躪憂蒼生』，是尊崇國體仁覆，無外語。

送一靈上人歸羅浮

羅浮仙窟宅，四百玉芙蓉。吾子今歸去，栖遲第幾峰？雲霞天半落，鸞鶴夜深逢。何日攜笻返，同看萬壑松。

送紀載之備兵肅州

萬古焉支路，迢迢欲上天。送君持漢節，吹角去防邊。問俗清西海，題詩賚酒泉。羌戎群下拜，不敢向居延。不必奇崛，自是唐音。

送家立菴學士册封安南

自昔南交地，蠻煙萬里餘。地經和仲宅，人習素王書。秬鬯分藩舊，苴茅錫命初。須令知漢大，不必問金車。

送徐庚清錢相園歸越

良會竟難永，歲寒人盡歸。誰憐故鄉子，獨采南山薇。把酒不終夕，浩歌徒攬衣。無能挽舟楫，惻惻拜斜暉。此種風格，最近徐昌谷，不在語句之工。

登虔州城樓

鬱孤臺畔暮煙空，與客登臨起大風。馬耳群山歸睥睨，虎頭全郡覽崆峒。江通閩楚三千里，地跨東南百二雄。十載樓船紛下瀨，兵戈今喜罷虔中。

送魏子存司李成都

誰説蠶叢不易行，春風三月馬蹄輕。銅梁舊枕秦山險，玉壘新連楚塞平。芳草緑齊過漢水，杜鵑紅盡到綿城。知君篋底多詞賦，諭蜀文應似長卿。

花朝同林坦菴諸子集王蓆菴誰園餞談遵懷之京口次留别韻

宿雨連雲擁去舟，送君還典鸕鷀裘。酒香滿座難成醉，柳色依人欲上樓。偏與花時縈遠夢，豈知蓮社得新愁。東風萬里憐芳草，一路題詩到潤州。晚唐佳句。

贈衛醇谷

弱冠登壇已策勛，門多揖客重將軍。高秋賭射盤生馬，静夜焚香撿篆文。一日君臣真異遇，五陵兄弟自同群。揮毫試擬鄱陽帖，四座争傳白練裠。

曹爾堪

字子顧，浙江嘉善人。順治壬辰進士，官侍講學士。◯學士性英敏，所過山川阨塞，無不指掌形勢。人與之遊，凡姓氏、里居、官爵，與所覽詩文，積久不忘，即虞世南之『行秘書』可移贈也。詩文頃刻成，同館無與争捷者。

金魚池歌仿杜樂遊園體

池邊風日足留賞，曲水平隄暗菰蔣。且駐巾車卧綺疏，啓扃拂簟楸枰響。皎月樓開雲母屏，商飈簾動珊瑚網。紺殿凌空青靄間，步虚聲在青雲上。飛汞煙沈道士鑪，落霞閃映仙人掌。晝明金闕翠華臨，馳道清塵畏來往。玳瑁魚斑日應長，恍在江湖盪蘭槳。名園豈似金谷奢，福地真如輞川爽。喜與諸公同賦詩，讀《騷》痛飲良可師。今朝美酒注深爵，明日殘花辭故枝。仕宦京華得高會，追歡勝景皆恩私。别後星河望渺渺，將離贈遠遥相思。更餘千載悲秋淚，漆髪丹顴非曩時。

宿州

城破空濠在，郊寒木葉稀。數家非土著，一雁向雲飛。曉月疏楊柳，清風老蕨薇。年來新戰鬼，汙血幾時歸。

送宋荔裳少參之任秦州

臘雪街亭滿，何時到鞏昌。關山樽底月，斧鉞帳前霜。閣暖調鸚鵡，花濃隱麝香。出門憐舊伴，白首尚爲郎。

錢牧齋先生挽詞

入世雄心老漸灰，昔年鈎黨竟摧頹。俊厨何救東京没，刁顧還從北渡來。天爲文章留末路，人推碑版冠群材。先朝實録尤淹貫，多少微辭紀定哀。以史才推重之，言外可思。

季天中給諫病没於遼左，賦詩弔之

攖鱗奏草動宸居，海内争傳痛哭書。瓶乳竟虚頭白後，葵丹空照汗青餘。三春漠漠關雲黯，千里茫茫塞草疏。蜕骨龍荒何日返？秪憐化鶴到淮徐。

顧大申

字震雉，江南華亭人。順治壬辰進士，官工部侍郎。著有《鶴巢詩存》。○雲間自陳卧子後，詩格漸衰。鶴巢古今體氣足神完，可以接武。

西洲曲

東風吹五兩，憶郎西洲去。門宿武昌船，帆開岳陽樹。去年下西洲，遲日獨登樓。今年桃李花，紅白浮巴丘。花開得結子，作客何窮已。春斷鶯啼中，妝成明鏡裏。朝上望夫山，纖手得紅蘭。盛以茱萸囊，結以翡翠盤。鏤刻刀環形，鴛鴦雙偃仰。寄懸腰間帶，銅鞮莫輕上。

飲太白酒樓，醉後走筆成篇

嗚呼太白爾何遊？應在飄飖碧落之倒景，芙蓉白玉之仙樓。乘雲抱氣躡箕斗，驂螭浥漢騎長虯。世人即之杳難求，但見朱軒繡栱環城頭。岱宗歷歷青撲面，黄河西來浄如練，七十二君等飛電。地老天荒出酒人，狂歌直與天爲鄰，上殿捉筆力士嗔。背負鹽鼎誰相存，就中賞音賀季真。獨抱麴蘖看浮雲，登樓日醉忘其身。西風野火衰草死，由來豪貴盡如此。我今把盞揖君起，相與酌酒問濟水，古今醉醒那終始。何不高步窮紫煙，摘取列星當酒錢。斟酌海水常不乾，開襟痛飲樓之巔，醉呼黄鶴迴青天。凌虚縹緲，筆有仙氣。

雪後登歌風臺示沛令

一劍收秦鹿，秋風萬里心。悲歌誰掩泣，壯士已成禽。井邑新豐舊，龍虵大澤深。殘碑埋野戍，雪後此登臨。盛唐氣魄，雪後只於末句點出，作法一變。

送沈繹堂編脩遷大梁道

鼓角北風涼，雙旌入大梁。十年悲瓠子，萬馬散敖倉。少府新沉璧，中原古戰場。君行能卧治，未許薄淮陽。大梁，漢淮陽國，即汲長孺所治也，不同泛然比例。

故關

盡日常山道，雄關此鬱盤。萬山争一險，絶壁鳥飛難。馬度黄雲合，旗翻白日寒。論兵空有地，誰得更登壇。自注：井陘縣有『淮陰談兵處』石碣。

出平定州

忽爾危關豁，群然衆嶺低。山連雁門外，地出井陘西。亂石淹人跡，層冰怯馬啼。相逢故鄉客，燈下手重携。自注：壽陽晤吴泰航令君，故云。

始發良鄉

上馬頻傾惜別杯，薊門西去亦悠哉。地隨督亢依山盡，河控桑乾入塞來。老去尚能持漢節，時清應不重邊才。冰霜漸邇君門遠，東望長安首重回。

秋雨移酌櫟園舟中

雲滿東山急雨霏，移觴對酌兩依依。荒城野戍鳴秋柝，海嶠孤臣冷葛衣。醉後元黄燈半燼，尊前風雨雁初飛。君看豐沛笙歌地，昔日高臺今日非。

王士禄

字子底，山東新城人。順治壬辰進士，官吏部考功員外郎。著有《西樵集》。

〇西樵，阮亭長兄，阮亭詩學所從出也。嘗以非辜下獄，後遭母喪，過哀，殉母死。讀書有特識，謂坊本《子貢詩傳》《申公詩説》并僞書，李維正序行，《津逮秘書》收之，皆誤也。詩以才情擅長，運古而不見使事之迹，一時名家，故應斂手。

長平坑歌

虎狼之秦胡不仁，鋭頭小兒服振振。劫灰更促括也將，一戰趙壘成埃塵。白骨嶽積四十萬，至今此地無青春。丹塢水遶發鳩麓，指點當年趙兵衂。士人往往坑旁耕，拾得殘戈或斷鏃。鏃頭長以寸，戈頭長以尺。持將磨向丹河沙，古血猶腥土花赤。省冤谷接武安臺，南來遺蹟仍崔嵬。應共髑髏山下月，夜深同對鬼燐哀。視陶中立《長平戈頭歌》較有魄力。

顧云美八分書歌

斯翁變體古文邈，『斯翁』，李陽冰語。斟酌其間八分作。中郎以還攻者稀，直數開元顧文學。於今苗裔仍東吴，短簿祠邊舊棲託。我從筆陣推波瀾，遠繩乃祖真無怍。爲言向來大有人，躡漢追唐歸宋郭。自注：宋比玉郭聖僕。妙蹟鄙人惜少見，餘子紛紛資力薄。乞君迴筆書堂顔，鵠峙龍拏腕中落。當年海内無干戈，留都文物尤峨峨。不獨槐市盛絃誦，兼復桃葉繁笙歌。入看祭酒解散髻，出醉美人金叵羅。雅負辨眼工小字，詩成自寫無偏頗。爾時負販重風雅，人傳片楮兼金多。仙人昨過蔡經宅，清淺茫茫不堪索。蟲刻居然非壯夫，蕭條誰問韓陵石。儒衣僧帽顧阿瑛，老向江湖作逋客。醉書自署頭陀苓，擲筆時時念今昔。此書珎重感君深，歸來高揭南榮陰。卧看渴驥奔泉勢，如見冥鴻避弋心。云美，名苓，吴中遺老，志高節堅，不獨分隸篆刻上追古人也。一結如見其人，并如寫其心。

詔罷高麗貢鷹歌

真人御極臨八荒，百蠻九譯皆享王。西旅之獒越裳雉，貢物各各因其方。海東俊鳥好毛質，鐵爪金眸猛無匹。九都作貢來天家，特受韝鏇佐罘罼。晾鷹臺上秋天高，乘時驅獸行蒐苗。羽騎驂驔翠華至，星旃雲罕紛周遭。蒙鷃射熊未足羨，跋犀殪兕徒遮邀。是時摘條試一縱，萬人昂首瞻青霄。飛鳥狡兔失巢窟，委身灑血填君庖。至尊往往動顔色，玉虯迴轡鳴蕭蕭。柔遠傳聞勤睿旨，詔罷奇毛自今始。行葦兼存踐履慈，茁葭漫賦春田美。聖神舉動殊尋常，此事悠悠古誰比。君不見，虬鬚天子真英雄，受諫鷂死藏懷中。推揚盛德，語特沉摯。末二句從《國雅》本，音節似勝原作。

聞友人言林茂之先生尚未能葬

多壽林那子，風塵道漫尊。暮年雙眼暗，兒日一錢存。死闕黔婁謚，生悲杜甫魂。桐棺還地上，何處故人恩。茂之嘗紉一萬曆錢於衣帶間，示不忘也。又嘗自卜生壙於金陵，乃没後尚未能葬，宜其慨然於心。

裁衣曲

初罷清砧響，還勞素腕舒。殘燈金粟尺，遠道玉關書。白紵縫仍澀，紅綿怨有餘。流黄明月路，何處逐輕車。可入升菴五言律祖。

憶萊雜詩

時復尋春郭，煙光縱目寬。山姿濃大澤，潮勢汩三韓。小立抛藤杖，微吟側籜冠。醉歸還倒載，未厭海風寒。或疑第四語「汩」字所出，汪鈍翁曰「吴楚東南坼」，「坼」字、「汩」字正以獨造爲奇，見《漁洋詩話》。

晚晴

鳴雨作還止，蕭然開晚晴。雄風涼大壑，雌霓貫秋城。臺送遥山碧，窓添夕照明。長空聞雁語，悵帳故園聲。四語『貫』字，與『潮勢汩三韓』『汩』字同一生造。

故明景帝陵

景皇決策仗於公，定變支危社稷功。南内已殊淵聖没，絶溝何意魯昭同。玉魚殺禮虚幽寢，蒼鼠驚人竄敗叢。莫向空山紛感慨，十三陵樹各悲風。當日以王禮葬，故有『玉魚殺禮』之句。

上黨

雄藩上黨古今名，形勝居然未易京。南睨河山俱在下，宵看星漢只疑平。義陽千載仍祠廟，夾寨當年劇戰争。足底黑雲天下脊，幾朝車馬赤霄行。

程崑崙招集萬歲樓

千尋江閣引諸峰，多景登臨策短笻。參佐風流如謝朓，樓臺瀟灑似王恭。三年夢裏西津雨，半夜燈前北固鐘。明日芒鞵别君去，城中遥望白雲重。

贈張簣山學士

銅龍曉色破層陰，羡爾批鱗意獨深。言聽便爲天下福，計違不負一生心。他時舄奕看青史，此日輝光燭翰林。我亦握蘭東省客，浮沉徒愧二毛侵。

賦得丹鳳城南秋夜長

丹鳳城南秋夜長，關河寒近落微霜。不須錦字論長恨，自有清砧教斷腸。破衲沙頭鴻欲去，拂雲堆上草初黄。傷心却羡城邊月，猶照深閨玳瑁梁。

末麗詞

冰雪爲容玉作胎，柔情合傍瑣窗隈。香從清夢迴時覺，花向美人頭上開。

金漸皋

字夢蜚，浙江仁和人。順治壬辰進士，官漢陽知縣。著有《怡安堂集》。○怡安勝任劇邑大吏，方以才能薦，而翩然乞身，其風高矣。論詩謂泥古而拘，趨今而襲，總期抒寫性情。今披其集，果如其言。

冬日雜詠

日日愁仍攬鏡看，楚人憔悴尚南冠。力微不任施橫草，論定終當待闔棺。元亮晚途甘石隱，孔明早歲本龍蟠。救時事業須經術，莫遣蒼生笑謝安。一生行藏，已見此章。

邗江

畫舸南遊錦纜移，垂楊空有萬條垂。二分明月仍今夕，十里珠簾異昔時。回望鄉關迷咫尺，頻年踪跡媿支離。可憐楊子橋邊水，只與征人照鬢絲。此述兵燹後之邗江，故語多衰颯。

秦淮女郎卞雲裝，僑居半塘，八九年前，曾過一面。比來湖上，見其案頭有《吴梅村詩册》，并虞山老人和章，尋覽情詞，不無今昔之感。因竊取二老意，并雲裝近事，隱括成詩

芸帙緗函繫所思，玉人鄭重遠相攜。閟來只仗琵琶寫，説處仍防鸚武知。破鏡刀環尋舊約，瓊枝璧月費新詞。莫嫌大雅凋零盡，猶有春風屬掃眉。

結綺臨春恨未終，輕煙淡粉掃成空。還家江令頭仍黑，避席崔孃臉自紅。遼海鶴歸無主墓，吴江楓冷未棲鴻。都將月地雲階夢，泣向荒田野草中。

不向長安鬬狹斜，竭來水國傍蒹葭。曾探織女機邊石，再見玄都觀裏花。秋思潘郎驚髩髮，夜情白傅感京華。三千年後蓬萊路，知在瓊樓第幾家。製題雲裝是主，梅村虞山是賓，詩意轉注梅村虞山也，飄零聚散，新故滄桑，言外句中，百端交集。

李來泰

字石臺，江西臨川人。順治壬辰進士，康熙己未召試博學鴻詞，官翰林院侍講。著有《石臺集》。◯先生文不肯一語猶人詩，獨以平正通達行之，能者不拘一格。

中山貢使入朝紀事

却貢趨朝禮遇殊，碧臚魋結語烏烏。已聞聖主方焚玉，何用鮫人更泣珠。環海近添新郡縣，中山已屬舊疆隅。謹將域外名王表，添入天家職貢圖。輕貢獻而重朝服，立言有體。

荆公故宅

十年高卧此東峰，出處無端釁已叢。洛蜀黨成疑誤國，熙豐法敝竟緣公。争墩已賦三山石，記里猶傳九曜宫。漫向春風尋舊澤，生平功過史書中。由言利而變法，由變法而紹述，由紹述而召亂，則宋家南渡，荆公有以致之也。臨川人每多諱言，作者自存直道。

覺塵，余故人子也，以僧來謁，書此贈之

昔年曾訪王官谷，故苑飄零事已非。爲問故人誰白髮，忽驚孺子變緇衣。江湖遠道難通問，丘壑終身不療飢。太息廿年塵土夢，鈍根未解箭鋒機。

黎士弘

字媿曾，福建長汀人。順治甲午舉人，官寧夏副使道。

至西昌知周櫟園先生無恙且得手書

他鄉驚喜君還在，痛定開函淚更流。萬死才回明主顧，孤兒猶屬故人收。衆中薄命誰能惜，意外微生荷獨留。誤盡閩南碑下客，無端北望哭西州。一氣赴題，少陵有此章法，前代謝茂秦時亦有之。

國朝詩别裁集卷四

長洲沈德潛歸愚纂評　男　種松校字
江陰翁　照霽堂　長洲周　準欽萊同輯

王士禛

字貽上，山東新城人。順治乙未進士，由司李入爲曹郎，改翰林，官至刑部尚書。著有《帶經堂集》。◯漁洋少歲即見重於牧齋尚書，後學殖日富，聲望日高，宇内尊爲詩壇圭臬，突過黄初。終其身，無異辭。身後多毛舉其失，互相彈射，而趙秋谷宫贊著《談龍録》，以詆諆之，恐未足以服漁洋心也。或謂：漁洋獺祭之工太多，性靈反爲書卷所掩，故爾雅有餘，而莽蒼之氣、遒折之力往往不及古人。老杜之悲壯沉鬱，每在亂頭粗服中也。應之曰：是則然矣，然獨不曰『懽娱難工，愁苦易好』，安能使處太平之盛者，强作無病呻吟乎？愚未嘗隨衆譽，亦非敢隨衆毁也。平心以求，録其最佳者，其有當衆心與否，不及計焉。◯全集以明麗博雅勝者居多，然恐收之不盡，兹特取其高華渾厚，有法度神韻者，覺漁洋面目爲之改觀。

定軍山諸葛公墓下作

高密起南陽，文終從高祖。暴繫本見疑，數衂亦非武。堂堂諸葛公，魚水託心膂。二表匹謨訓，一德追伊吕。視搀但如鬼，畏蜀還如虎。嗟彼巾幗徒，與公豈儔伍。紫色復蛙聲，抵隙各爲主。火井方三炎，赤伏更平聲。典午。志士恥帝秦，祭器猶存魯。陰平一失險，面縛忘奔莒。知公抱遺憾，龍卧成千古。峨峨定軍山，悠悠沔陽滸。鬱鬱冬青林，哀哀號杜宇。耕餘拾遺鏃，月黑聞軍鼓。譙侯寧足誅，激昂淚如雨。起四語以蕭何之下廷尉、鄧禹之連敗歸侯印綬形武侯之一德一心，未嘗挫衂也。火井三炎，謂高祖、光武、昭烈也。叙述忠義武烈及天命興衰，後激昂憑弔，如有神助。此等詩典重高朗，即欲使之無傳，其可得乎！

朝天峽

朝登嘉陵舟，日出羌水赤。履險倦鞍馬，即次亦稱適。黕黮雙峽來，突見巨靈跖。嶄巖無寸膚，青冥厲雙翮。陰崖積龍蜕，跳波畏鯨擲。往往壓人頂，駭此欲崩石。洞穴峽半開，兵氣尚狼藉。虵豕據成都，置戍當險厄。至今三十年，白骨滿梓益。流民近稍歸，天意厭兵革。會見賨盧人，燒畬開确礴。慷慨一扣舷，浩歌感今昔。風便黎州城，茫茫波濤白。漁洋五言，俱近所選《唐賢三昧》一格，以不着圈點爲主，所謂『羚羊挂角，無迹可求』是也。然不善學之，易開平庸之漸。獨入蜀五言，俱宗仰少陵《發秦州》後諸詩，能狀山川奇險，愚故舍彼取此。

龍門閣

衆山如連鼇，突兀上龍背。鱗鬣中怒張，風雨晝晦昧。出爪作之而，神奇始何代。亂水趨嘉陵，波濤勢交匯。萬壑争一門，雷霆走其内。直跨背上行，四顧氣什倍。夕陽下岷峨，天彭光破碎。咫尺劒門關，益州此絶塞。子陽昔躍馬，妖夢成佁儗。音態礙。區區王與孟，泥首終一概。李特亦雄兒，僭竊竟何在。王，謂王建子衍，降於郭從韜。孟，謂孟知祥子昶，降於宋。

五丁峽

南窮石牛道，嵓嵓下雲棧。三日招我魂，足踔目猶眩。豈知東蒼州，耳目益奇變。始過金牛驛，樛轕已淩亂。漾水從北來，劣足泛鳧雁。舉頭嶓冢山，峨冠倚天半。大哉神禹功，從此導江漢。漸入五丁峽，譎詭駭聞見。斗壁何獰狰，十萬磨大劒。攢羅列交戟，茫昧通一綫。亂水殷峽中，鮫蜃喜瀾汗。仰眺絶圭景，俯聆競雷抃。九鼎鑄神姦，到此百憂患。東方牧犢兒，竟使蠶叢判。我行忽萬里，風土異鄉縣。身落大荒西，終賴皇天眷。咄咄復何言，艱虞一身賤。仰眺絶圭景，見峽高斷日，非圭景所能測也。俯聆競雷抃，言俯聽濤聲，如奔雷也。孫樵《蜀賦》云：『臨千仞之驚流兮，波湏洞而雷抃。』

天柱山

朝出元武門，雲垂雨忽涷。登登天柱山，千盤墮湏洞。峥嶸逾巴閬，槎牙過秦鳳。陟嶺如累棋，下谷疑入甕。心俯尻益高，足縮目先送。敢嗟鳥獸群，稍喜徒旅衆。我有大羽箭，麗龜輒命中。於菟昂其首，飲羽乃不動。道旁松合抱，巨可任梁棟。惜哉野蔓纏，不蒙匠石用。絶頂見岷山，青城亦伯仲。一氣連諸蕃，三州實西控。太平幸無事，左髻時入貢。念彼松姚戍，坐甲苦飢涷。俯臨陸海雄，仰視天宇空。長嘯千仞岡，出險忽如夢。

海門歌

岷峨東下江水長，遠從井絡來吴鄉。奔濤萬里始一曲，古之天塹維朱方。北界中原壯南紀，魚龍日月相迴翔。中流一島號浮玉，登高眺遠何茫茫。長空飛鳥去不盡，江海一氣同青蒼。山外兩峰遠奇絶，雙闕屹立天中央。左江右海辨雲氣，如爲八裔分紀疆。江流到此一縛束，早潮晚汐無披猖。燭龍曉日出雲海，山光照曜連扶桑。年來海戍未停罷，艨艟大艦來汪洋。胡豆洲前起烽火，徒兒浦上披裲襠。古聞京口兵可用，寄奴一去天蒼涼。我願此山障江海，七閩百粤爲隄防。作歌大醉卧巖石，起看江月流清光。（焦山東北有島並峙，謂之海門。詩忌直下，須中間一束，『江流到此一束縛』二語，得此境，與詩俱見關鎖矣。以下皆感時弔古。）

丹徒行弔宋武帝

曲阿之北京口東，寄奴王者真英雄。新州伐荻殺龍子，大業遂建丹徒宫。桓家小兒亂天紀，投袂勤王夜中起。摴蒱百萬皆人豪，龍行虎步非凡理。從兹大運屬彭城，中原趙魏歸經營。硤口千軍五龍涸，藍田一戰二崤平。南北推移幾千載，太息雄圖竟何在。宿麥寒原少昔人，神鴉社鼓成空塞。王氣銷殘帝宅荒，悠悠江水不勝長。忠臣徒歎袁開府，天命還歸蕭建康。（從刱建及亡國言，以簡勝。末路匪從苦心搜索而得，是曰神來。）

故明景帝陵懷古景陵，在天壽山東峰之下。

金山南臨裂帛湖，荒陵十里鵂鶹呼。奪門事往二百載，行人過此猶欷歔。紅牆剥盡古瓦落，莓苔溜雨生銅鋪。老松離立色枯槁，但穴蟲蟻餘根株。菆塗龍輴禮本殺，矧乃劫火經樵蘇。咫尺天壽雲氣接，壞土獨葬西山隅。洪宣老臣稍凋喪，國成一旦歸刑餘。勃鞮之問史所貶，詎有宦寺干征誅。黄沙慘澹鼓聲死，萬乘一擲成纍俘。國有君矣社稷重，孫申謀鄭無差殊。白登城南翠華返，錢塘司馬功難誣。紛紛南渡議和戰，乃知計左非良圖。仝寅之占信奇中，朝衣東市嗟何辜。劒南歸來西内閉，唐家父子輸厩奴。處人骨肉事非易，子臧季札今則無。功罪千秋有特筆，九鼎一髮須人扶。謚同泉鳩理太酷，紀年猶幸無革除。裁令流水良亦足，寧論玉匣還珠襦。欲落不落夕陽下，弔古且復留斯須。殘碑滅没牛礪角，石獲横卧蒼髯鬚。君臣一代盡宿草，雍門太息當何如。詩凡敷陳其事，易於率直，不如引古人事以代之。中引公孫申之另立公子繻，而鄭伯反國爲據，又引唐元宗始居興慶宫，後爲李輔國劫遷西内以證之，又引子臧季札之相讓以反證之，則論有本而不傷於直矣。然惟多讀書者始能。○金山，即玉泉山也，漾沙金色，故名。○北狩後徐珵主南遷之議，于謙痛哭止之。○景泰初謚曰戾。泉鳩，漢戾太子潛匿地也。

戴嵩牛圖

一川沙草煙濛濛，曉來雨過開牛宮。三尺短箠兩觳觫，午陰掉尾嬉涼風。一頭摩角一頭齕，寢訛有態何其工。江干笛材老煙竹，横吹髣髴穿林叢。絹素慘澹神理在，是耶非耶傳戴嵩。田家風物宛在眼，但有耕作無兵戎。我行峨下踰萬里，青衣江上平羌東。翠藤紅樹亂煙雨，風景略與圖中同。一從羽書急滇海，甌越秦楚交傳烽。益都迢遥隔天末，舊遊有夢尋巴賨。旄牛徼外阻王會，萬蹄驕馬高纏騣。千村萬落長荊棘，何時金甲銷春農。童牛不牿可三歎，卷圖風雨來長松。

以畫牛引起太平時田家風物，至吴、耿、尚三逆叛，而此景不復見矣。末以『童牛不牿』意作結，層層收束，是何本事！

秦鏡詞爲袁松籬作

熒熒古鏡雙盤龍，流傳本出咸陽宫。秦時明月至今在，剥落泥沙露光彩。當年秦并六國時，後宫閉置千雙眉。守宫注臂鏡照膽，三十六年君不知。華陰道上逢山鬼，輼輬東來祖龍死。美人鐘鼓散如煙，此鏡蒼涼閲朝市。憶昔大收天下兵，十二金人初鑄成。還令餘事作奩鑑，太乙下視蛟龍驚。劉興嬴蹶何倉卒，金鑑千秋如一髮。秦鏡虛懸照膽寒，不照長城多白骨。自注：漢祖入咸陽宫，得方鏡，廣四尺九寸，照見五藏。見《西京雜記》。只末語另换一意，通體便不平直。

采石太白樓觀蕭尺木畫壁歌

落帆向牛渚，直上太白樓。錦袍烏帽太瀟灑，迴看四壁風颼颼。蕭生何年畫此雪色壁？峰巒出没煙嵐稠。元氣淋灕真宰妬，江湖湏洞蛟龍愁。吴觀越觀上海日，蒼煙九點横齊州。祝融諸峰配朱鳥，瀟湘洞庭放遠遊。峨眉雪照巫峽水，匡廬瀑下彭湖流。須臾使我行萬里，瞥如怒隼凌清秋。我生海隅近岱畎，西遊曾上瞿塘舟。昨登五老弄瀑布，却臨三峽窺龍湫。七十二峰身未到，蒼梧已略天南頭。太白遊踪遍四海，晚愛青山采石聊淹留。丈夫當爲黄鵠舉，下視燕雀徒啁啾。尺木，名雲從，當塗人，畫泰岱、衡岳、匡廬、峨眉於太白樓壁。中間點過四大名山後，隨用筆一束，然後將自己遊歷所至，與太白比並，仍歸到采石，奔放、謹嚴俱有。

漫興

漭漭荆襄地，當年割據州。營連九節度，星動五諸侯。已共長江險，應關上將憂。郭門傳息壤，不障洞庭流。九節度，指郡王貝勒及諸將。時長沙守臣奔逸，賊遂有湖南六郡，旁煽諸蠻。

嗚咽秦川水，秋風入鼓鼙。妖星躔隴右，大將出安西。陸陸將誰附，蒼蒼迴不迷。似聞寬大詔，不忍戮鯨鯢。大將，指圖海也。

烽火傳花馬，將軍發賀蘭。天心誅叛亟，國法受降寬。銜帳青唐入，沙場白骨寒。亂臣誰貰死，史筆後人看。青唐，地在黃河之曲。

不見離支熟，閩州驛騎來。大農師漸老，使者節難迴。五嶺烽相照，三山瘴未開。冥冥炎海外，目極釣龍臺。

西北和親國，王姬禮數殊。一朝忘甥舅，萬里送頭顱。露布明駝足，軍鋒落雁都。六師信神武，群盜敢枝梧。時噶爾噶亦叛，遣端郡王平之，故云。

海內兵塵滿，乾坤正氣孤。數公明大義，一死激頑夫。關塞青楓晚，英靈白日徂。他年看秉筆，得慰鬼雄無。此指守土死節，如陳丹赤、楊三知、劉欽鄰、徐誥、劉士英諸臣。◯新城五言律俱追琢工穩，此特取其蒼莽雄傑者。

荷離弔潁川侯傅公

躍馬千山外，呼鷹百戰場。自注：古百戰道在宿境。平蕪何莽蒼，雲氣忽飛揚。寂寂通侯里，沉沉大澤鄉。潁川湯沐盡，空羨夥頤王。自注：陳涉亦州人，漢高祖爲置守冢。○漢高於陳涉猶置守冢，況潁公之平蜀、平滇，爲功最鉅，而卒以猜忌不免。明祖之待功臣可云厚乎？用意全在反襯。

送張篔山學士歸廬陵

迴首觚稜别紫宸，孤舟遥下富川濱。誰令江外漁樵侶，争識先皇侍從臣。上殿似聞辛慶忌，行吟休擬楚靈均。千秋公議存青史，應爲朝廷惜此人。學士名貞生，以建言被放，尋奉旨召用。

潼關

潼津直上勢嵯峨，天險初從百二過。兩戒中分蟠太華，孤城北折走黄河。復隍幾見熊羆守，棄甲空傳犀兕多。漢闕唐陵盡禾黍，雁門司馬恨如何。雁門司馬，謂孫傳庭，孫因天雨催戰而敗。孫敗，賊遂長駈入關，而明亡矣，故結意及之。

雨度柴關嶺

棧中新漲未歸槽，百丈柴關水怒號。鳥語不聞深箐黑，馬蹄直上亂雲高。天垂洞壑蛟龍蟄，秋老牙鬚虎豹豪。誰識熏香東省客，戎衣斜壓赫連刀。

沔縣謁諸葛忠武侯祠

天漢遥遥指劒關，逢人先問定軍山。惠陵草木冰霜裹，丞相祠堂檜柏間。八陣風雲通指顧，一江波浪急潺湲。遺民衢路還私祭，不獨英雄血淚斑。

晚登夔府東城樓望八陣圖

永安宫殿莽榛蕪，炎漢存亡六尺孤。城上風雲猶護蜀，江間波浪失吞吴。魚龍夜偃三巴路，虵鳥秋懸八陣圖。搔首桓公憑弔處，猿聲落日滿夔巫。議論、格律、聲響無一不合，在北地信陽詩中定推上乘。◯八陣圖有三，在夔州者六十有四，爲方陣法。

渡河西望有感

使者河源復卻迴，杖藜曾記到雲臺。高秋華岳三峰出，曉日潼關四扇開。星宿海從天上落，崑崙槎自斗邊來。何時更訪茅龍去，東望滄溟水一杯。華嶽東北有雲臺峰，峰上望中原，見黃河從塞外來。○通體是渡河後西望，故皆作追憶語。末思他日更往，有餘情焉。

寄李鄴園尚書二首

閩天烽火達錢塘，太乙靈旗指越疆。文武共推周吉甫，勛名誰並郭汾陽。椎牛五夜千夫膳，射虎三秋百戰場。今日羅平妖鳥盡，早聞憂國鬢如霜。

爛柯山上陣雲低，太末城南月暈齊。飛檄直臨彭島外，纖塵不動浙江西。戰袍血濺盤鵰鶻，雄劍霜寒淬鸊鵜。半壁東南功不細，天書頻下武都泥。鄴園，名之芳。耿逆叛時總督浙江，聞變，即移鎮衢州，扼仙霞關，使賊不得踰嶺窺江浙。三、四皆實録也。彭門島連福建，興漳公檄，使勿連海寇。

和徐健庵宫贊喜吴漢槎入關之作

丁零絶塞鬢毛斑，雪窖招魂再入關。萬古窮荒生馬角，幾人樂府唱刀鐶。天邊魑魅愁遷客，江上蓴鱸話故山。太息梅村今宿草，不留老眼待君還。徐健庵時爲官贊，爲納鍰放還，此古道交也。梅村有《送吴季子出塞詩》，故云。

皖城懷古

清水塘邊餘闕祠，雲霄浩氣凛鬚眉。英姿颯爽猶橫槊，古砌荒涼只斷碑。鶴化千年非故國，鷄鳴十廟不同時。皖江便是田横島，義士悲歌爲涕洟。忠宣死於陳友諒，不死於明，然存此忠憤之心，則化鶴歸來，必不與十廟功臣並馨祠祀者也。辭令挾議論以行，方是知人論世。

趙承旨畫羊

三百群中見兩頭，依然秃筆掃驊騮。朅來清遠吴興地，忽憶蒼茫勅勒秋。南渡銅駝猶戀洛，西歸玉馬已朝周。牧羝落盡蘇卿節，五字河梁萬古愁。三、四已見命意矣，復以『銅駝』『玉馬』一聯作襯，詞則凌空，意則鋒刃，而更以蘇子卿之不失臣節足之，趙王孫何處生活耶！人云詩中有史，此則詩有《春秋》。

余澹心寄金陵詠懷古跡卻寄

千古秦淮水，東流繞舊京。江南戎馬後，愁殺庾蘭成。

國士橋

國士橋邊水，千秋恨未窮。如聞杜厲叔，死報莒敖公。公不以國士遇叔，及公被難，叔以死報之。豫讓之不死於范中行，而獨死於知伯，未得爲完人矣。此種詩有補名教。

石城橋示倪雁園太史

昔作秦淮客，朱樓賦《洞簫》。白頭故人盡，重上石城橋。不言神傷，盛唐風味。

再過露筋祠

翠羽明璫尚儼然，湖雲祠樹碧於煙。行人繫纜月初墮，門外野風開白蓮。闡揚貞烈，易入於腐，故以題外着意法行之。高郵遠近俱種白蓮，二語得陸天隨『月曉風清欲墮時』意。

秦淮雜詩十四首之一

新歌細字寫冰紈，小部君王帶笑看。千載秦淮嗚咽水，不應仍恨孔都官。自注：弘光時，阮司馬以吴綾作朱絲闌，書《燕子箋》諸劇，進宫中。◯諸詠皆瑣屑不甚關係，故獨取此。

題尤展成新樂府

南苑西風御水流，殿前無復按梁州。飄零法曲人間遍，誰付當年菊部頭。自注：展成樂府順治中曾進御覽。

猿臂丁年出塞行，灞陵醉尉莫相輕。旗亭被酒何人識，射虎將軍右北平。

千金匕首土花斑，兒女恩讎事等閒。他日與君論劒術，要離塚畔買青山。自注：題《黑白衛傳奇》。

灞橋寄内

太華終南萬里遥，西來無處不魂銷。閨中若問金錢卜，秋雨秋風過灞橋。

馬嵬懷古

巴山夜雨却歸秦，金粟堆邊草不春。一種傾城好顔色，茂陵終傍李夫人。傷其不得傍金粟堆也，以李夫人形之，使曲而有餘味。

秦中凱歌

新開麟閣賞元功，頗牧重看出禁中。此去西人須破膽，將軍昨日下遼東。

天上黄河萬里來，巨靈高掌抱雲臺。遥看丞相行營去，日射潼關四扇開。

涇原西北駐王師，尺一無煩介馬馳。共道皇恩天浩蕩，不教京觀築鯨鯢。

衮衣照路有輝光，班劍威儀出尚方。大將櫜鞬迎道左，萬人鼓吹入平涼。

河西三將氣如虹，百戰功名次上公。詔下一時齊虎拜，漢朝争羡竇安豐。自注：將軍張勇進爵靖逆侯，提督王進寶進奮威將軍，總兵孫思克進涼州提督。

三月軍鋒次渭橋，旋看飲至紫宸朝。空言韓范威名大，五路何曾制曩霄。此爲王輔臣，即馬鷂子，之叛秦隴震動，大學士圖海、靖逆侯張勇、奮威將軍王進寶、提督孫思克討平之，因作凱歌也。前明徐文長、沈嘉則諸凱歌非不鋒利，然皆書生之習未除，對此知爲廟堂之作。

蟂磯靈澤夫人祠

霸氣江東久寂寥，永安宫殿莽蕭蕭。都將家國無窮恨，分付潯陽上下潮。此昭烈孫夫人祠也。潯陽以上爲劉，潯陽以下爲孫，夫人之恨真無窮矣。

謁文忠烈公祠

精神如破貝州時，晚節猶能動四夷。天遣不同韓富没，姓名留重《黨人碑》。如此作詩，纔許不廢議論。○《黨人碑》以司馬光第一，文彦博次之。原本留冠《黨人碑》，擬易『重』字，諒漁洋亦不以爲妄也。

馮雲驤

字訥生，山西振武衛人。順治乙未進士。

雲棧

山腰萬仞露，下臨不測淵。俯身窺栖鶻，舉手接飛鳶。山頭舊冰雪，閃閃挂飛泉。溪中萬古石，跳珠濺潺湲。忽驚仄路絶，空行駕危椽。峰峰自迴合，藤蔓束荒煙。盤盤緣石壁，磴磴捫青天。遥看來往人，縹緲訝飛仙。更聞猛虎嘯，當我踞層巔。勞臣有定限，豈敢憚艱難。匹馬千山外，迢迢夕照前。

鳳嶺

鳳嶺行來欲上天，此行無異作飛仙。紅霞白日回頭近，鳥道虵盤獨馬穿。未斷崩崖愁瀑水，半欹懸徑仗危椽。側身萬仞峰巔過，秦蜀遥看兩點煙。得『鳥道蚍盤』句，上句亦覺不平，作詩者宜知此法。

丘象升

字曙戒，江南山陽人。順治乙未進士。

清遠峽

委折江如綫，鋒稜勢益增。曉昏雲氣變，雷雨石痕崩。洞古空猿跡，菴荒暗佛燈。客心愁入暮，高峽尚層層。

苦竹渡

夕陽殘影没，衰眼翳長空。樹暗驚人語，溪寒避虎風。戒心齊擊柝，野火亂燒叢。前路津門是，星華望未通。連上章能狀奇險之境。

嚴沆

字子餐，浙江餘杭人。順治乙未進士，官户部侍郎。○司農斂退謙抑，雖踐九列，不砞寒素。有譏彈其詩者，應時改定，遠近稱爲德人。

送吴謹侯同館謫廣文還里作歌

擊筑且斟燕市酒，浮雲富貴吾何有。巖前碧樹吐朱華，天上白衣幻蒼狗。風翻易水横素波，送别聊爲《暇豫歌》。松皮屈鐵老山雪，鵬翮擊浪凌溟河。籠龍吐鳳留華省，授經博士官偏冷。夢迴輦道記鳴珂，坐聽轆轤初轉井。西風冥冥吹白沙，尊前細雨開簷花。杜老乍簪青瑣筆，鄭虔本愛赤城霞。奪我鳳凰池，未妨彭澤醉，興來拄笏西山翠。自有哀吟動鬼神，長將詩卷留天地。不知璧水况金門，見説移官亦主恩。但看卧坦邊韶腹，有日槎迴博望源。『夢迴輦道』二語寫其玉堂天上之感，末并望主恩之賜環，而出以微婉，不傷直致，得立言之體。

田凝只索畫，久不得報，歌以代柬

我昔平湖弄秋水，酒酣最愛群峰青。興來落筆寫山色，泉石出没雲冥冥。一日十紙不厭速，貴取繪意非傳形。三春索米長安陌，馬足涔泥滯行跡。西山玉河在眼前，神昏擘強真意隔。案頭緗素委零亂，貴遊尺一相催迫。必逢好友情性諧，吮墨含毫始光澤。首秋暑退風簾開，疏雲細雨滋緑苔。玉盌烹茗泛香雪，十指拂拂神初來。故舒直幹筆一放，試疊層嶺煙齊迴。須臾脱手天窅淼，此事原堪一朝了。不嗔濡滯嗜我真，相遲霜前看雲嶠。意得寫神，人力不與。速則片刻，遲積歲時，不以日月計也。作詩作文亦然，然可與言者甚罕。

春日漫興

吏隱淹微尚，栖遲帝里春。虛名慙諫草，薄禄慰慈親。馬度垣松直，鶯啼苑柳勻。主恩殊未報，不敢慕垂綸。

補衮瞻天近，斑衣愛日長。生成看燕雀，戰伐剩豺狼。紙筆兒誰好，柴桑婦不忘。閉門焚草畢，歸夢五湖傍。三語冀物各得所，四語憂干戈未靖。報國空懷，養親賒願，真覺百端交集矣。

懷季天中遼左

萬里邊城問謫居，躬耕遼海意何如。龍沙更作《投湘賦》，鳳闕長懸《諫獵書》。鴨緑流澌春水下，醫閭積雪暮寒餘。柳條漸識陽和近，未必君恩雨露疏。

汪琬

字苕文，江南長洲人。順治乙未進士，授户部主事。康熙己未，召試博學鴻詞，官翰林院編修。著有《堯峰詩鈔》。◯鈍翁官部曹後，與王西樵昆弟諸人稱詩都下，風格原近唐人。中年後以劍南、石湖爲宗，後則頽然降格矣。兹擇其矜貴有餘者，著於卷中，不使挦撦字面者以鈍翁爲藉口也。生平穿穴經史，議論俱有根柢，雖被其齮齕者，終稱許焉。

泊石湖有懷

江風逗餘涼，輟棹自成賞。谷口霞已開，洲心月初上。遥聞《欸乃曲》，知是漁人唱。獨樹影蕭條，孤鴻色惆悵。不見故人來，時向煙中望。此章近孟山人，是鈍翁中年作。描摹晚景，令讀者如置身其間。

遊鄧尉山遇徐生

夙齡睠名山，抗志事遊衍。葛弱容屢捫，梁危許孤踐。風泉渺難尋，空翠紛莫辨。去美惜已遥，來奇望猶緬。餘霞互明滅，微雲忽舒卷。裊裊薜蘿衣，之子來何晚。道與寂寞會，志向崇深展。倘秉偕隱心，結廬詎在遠。『去美』『來奇』二語，深於尋山者領之。◯作者五言古過於直白，二章猶有言外音。

玉鉤斜

月觀淒涼罷歌舞，三千豔質薶荒楚。寶鈿羅帔半隨身，踢作吳公臺下土。春江如故錦颿非，露葉風條積漸稀。蕭孃行雨知何處，惟見横塘蛺蜨飛。

有客言黄魚事紀之

三吴五月炎蒸初，楝樹著雨花扶疏。自注：吴諺云：『楝樹花開黄魚來。』此時黄魚最稱美，風味絶勝長橋鱸。憶昔東南全盛餘，海舶銜尾張網罛。公然滿載返吴市，市中雜遝讙擔夫。柳條貫鰓冰貯腹，數尾僅直千青蚨。豪門膳宰善烹治，劑以醯醬芼笥蔬。芳鮮頓覺溢几案，主賓下箸争歡噱。自從洲島阻兵燹，鯨鯢竄逸稽天誅。詔書尺一禁航海，漁師安敢颿揚蒲。蛤蜊海母尚難致，况望此魚供客需。老饕雖患食指動，畏觸禁令生他虞。吴儂日夕歎且吁，有司束溼嚴錙銖。何當小醜就拘執，舳艫往返如通衢。趙趠風中販鮮至，此魚復得登庖厨。吾儕口腹詎足挍，但願海晏波濤除。廟堂日竢羽書捷，戈船諸將今何如。此海氛未靖時作也。食物之細傳出東南兵防，末以羽書之捷望之，纖小題覺大有關係。

送再從姪處默

又向長安别，淒然動客愁。秋風吹遠道，落日在孤舟。雁逐江煙下，潮衝楚樹流。何時復相見，與續竹林遊。賈長江詩以『古戍落黄葉，浩然離故關』爲上，以其格高也。篇中三四語亦然。

計甫草至寓齋

門巷何蕭索，惟君步屧頻。青雲幾故舊，白首尚風塵。身受才名誤，文從患難真。耦耕知未遂，相顧倍傷神。十字爲千古文人道之。

送人南遊

長路應難問，君行况及秋。不知葭菼外，何處泊孤舟。遠嶼連雲起，殘潮漾月流。可憐南去雁，并作客中愁。

寄贈吴門故人

遥羨風流顧愷之，愛翻新曲覆殘棊。家臨緑水長洲苑，人在青山短簿祠。芳草漸逢歸燕後，落花已過浴蠶時。一春不得陪遊賞，苦恨蹉跎滿髩絲。此贈顧苓云美作也。云美，吴中高士，鈍翁輕無位人，故不書其姓名。◯三四工絶秀絶如此，何礙宋詩？他如『白蛺蝶飛芳草畔，紅蜻蜓立藕花中』『柳條細似千行線，荷葉圓於半兩錢』，景盡句中，不敢同聲附和。

賦得宫人入道

翻因薄命愛長生，羽氅雲冠再拜行。曾被玉皇教按曲，忽隨金母學吹笙。顔逢鍊液重疑艶，身爲持齋轉覺輕。從此幽栖如野鶴，萬年枝上月空明。五六語妙於雙關。

自乞天恩下玉墀，宫中女伴鎮相思。羞題紅葉傳塵世，願守丹鑪事本師。垂手只携禳斗訣，點脣初習步虚詞。此生無復昭陽夢，猶爲君王夜祝釐。結意傳出忠愛，合温柔敦厚之旨。

送魏子存之成都同西樵周量貽上

鳳城垂柳爲君攀，西去高軒指散關。望帝愁魂春樹外，卧龍故壘夕陽間。天懸鳥道連三峽，地入蠶叢控百蠻。到日不妨頻弔古，訟庭草長簿書閒。此猶近唐人體魄。

和李退翁侍郎讀《水經注》憶洞庭之作

曾持使節遠揚舲，落木層波共杳冥。澤畔有人哀郢客，雲中何處降湘靈。雨過斑竹千叢緑，潮落芳蘭兩岸青。回首舊遊今阻絶，不堪寂寞對遺經。

阻風

獨卧孤篷底，長途此夜窮。殷勤解留客，惟有石尤風。

姑蘇楊柳枝詞

臘盡寒威尚未銷，淺黄輕碧影迢迢。費他煙雨知何限，只替東風染柳條。
白玉堂前發數枝，粧成每自下階墀。中庭不是無花看，獨爲清陰立少時。全以韵勝。

過石塢

主賓無語似相忘，淨掃青苔坐夕陽。乳燕飛飛蛙閣閣，楚萍謝絮滿池塘。《分甘餘話》中新城獨取此詩，豈風神氣味與之相近耶。

曹申吉

字澹餘，山東安丘人。順治乙未進士，官貴州巡撫。○兄升六長於詩，二曹齊名，時爲安丘增重。○吴逆反，公陷賊中。庚申夏，蠟書赴闕，密陳機宜，爲賊所覺，劫歸，遇害。

武昌雜詩

隔岸晴川影，帆檣觸浪奔。禹功江漢大，楚俗鬼神尊。地濕陰常盛，天低日易昏。荒洲猶寂寞，詞賦擬招魂。『禹功』二句，已盡楚中之天。

人日貴陽作

故里今年别，殊鄉昨日春。看雲遥愛日，紀歲乍逢人。澤國湘沅外，山城魑魅鄰。野梅初應候，寒雨幾經旬。赤帖千門换，雕題百帳馴。綵幡迎楚雁，銅鼓賽苗神。瘴癘崎嶇地，艱危老大身。已甘淪井鬼，無復繪麒麟。蓂莢重開子，椒盤屢薦辛。牂牁天更遠，屈賈弔何頻。暖律迴窮谷，浮生託大鈞。友朋偕僰道，詞賦動芳辰。髩好觀青鏡，心期理白蘋。鳳樓歌舞處，望斷屬車塵。懷鄉戀主，句烹字鍊出之，體源應在老杜。

楚南

偶向瀟湘聽斷猿，斑斑千載泣龍孫。楚南近日蒼生淚，不是當年帝子痕。

劉體仁

字公㦷，河南潁川衛人。順治乙未進士，官吏部考功郎。著有《蒲庵集》。

◯公㦷詩出以生新，每近於澀，嗜好應在東野。王漁洋屢稱之，《池北偶談》載公㦷友某素喜琴，没數年，公㦷一日挾姬過其墓，停車，酹酒，使姬各操一曲，其風致如此。

送戴務旃遊華山

夜談太華奇，朝來理輕策。似子獨往意，自然生羽翮。我無濟勝具，心懸神仙宅。椓壁聞蟻緣，索度或猱擲。即至玉女盆，蓮花豈堪摘。頗窮造化由，能識巨靈擘。一身出天地，笑看培塿積。歸來毛髓異，定跨茅龍脊。起十字寫探奇之勇，通體刻削，不肯猶人。

寄阮亭司理

離居才幾日，蘭葉春風生。門外即流水，片帆東下輕。野處寡新友，良辰多遠情。思君如草色，迢遞向蕪城。

即事

西湖小閣多延月，好友同舟半是僧。寄語江南老桑苧，秋山紫蕨憶行縢。顧華玉訪孫太初時，湖中所見景象如是。

秦松齡

字留仙，江南無錫人。順治乙未進士，入翰林，罷歸。康熙己未，召試博學鴻詞，官諭德。◯先生初入翰林，賦《白鶴詩應制》中云：『高鳴常向月，善舞不迎人。』上重其有品。

金陵司馬行

宿遷旅次，何子曰鴻述其先世遺事，請作是詩，兼送之别。

汝祖金陵小司馬，移家始傍梁溪居。不事毛錐好説劍，男兒塞上當捐軀。襄陽法曹年少日，貂璫盡屈諸司膝。唯公倔强殺其奴，脱走京師歸請室。請室朝朝復暮暮，手把陰符自箋注。百年興廢總瞭如，九邊阨塞能指數。温旨重寬直節臣，芙蓉湖上幾垂綸。援邊忽奉勤王檄，應詔還留報主身。萬金散盡酬死士，死士曾無一人死。偏師纔出復回旋，西風淚落桑乾水。破耗軍需罪不宥，權奸在路天無晝。鍛錬誰當楊魏先，覆車幾作熊王後。信邸龍飛再赦還，還家常憶玉門關。壯心未展英雄死，孫子飄零衣食艱。送君東行在岐路，努力功名莫返顧。濁酒今朝贈一觴，宿遷城外瀟瀟雨。『權奸在路天無晝』，熹廟之時何時耶？小司馬之不死幸矣！詳叙生平，可當小傳。詩之誅姦諛、發潛德者，我有取焉。

上熊雪堂先生

正繫蒼生望，先生未合閒。累朝看赤舃，兩疏乞青山。直道安危後，深心去就間。盈盈章貢水，爲照老臣顔。

潞河寒食

浮雲北望悵何依，寒食餘威未減衣。柳色獨隨行騎没，桃花仍見釣人歸。青煙禁燭誰家散，紫燕春泥到處飛。自别帝城多歲月，西山朝爽尚暉暉。此罷官出長安詩，予心猶速，言下可思。

和吴弘人見贈之作

頻年蹤跡混樵漁，舊友還過慰索居。白首更逢多難後，青山重憶定交初。詩篇寂寞茆齋雨，懷袖蒼凉絶塞書。自注：弘人出示令弟漢槎塞上書。尊酒共君秋夜醉，滿庭清露濕芙蕖。

于忠肅公墓

定策當年奠帝京，墓門遥見半湖明。傷殘松柏啼新鬼，寂寞祠堂卧老兵。宗廟有靈存社稷，英皇無意殺先生。古來遺恨錢塘水，又繞臺山氣不平。英皇無意殺先生，殺之者，徐石也。天順異日之悔可見。

雜感

烽火章江警急多，滕王樓閣轉嵯峨。雕鞍曉日明珠玉，列帳秋風泣綺羅。坐算幾聞黄石略，戰酣誰奮魯陽戈。司農日夜憂財匱，擊鼓椎牛氣若何。

授鉞親賢廟算强，旌旗萬里作巖疆。周家同姓盟爲長，漢制非劉爵不王。當日酬勛原異數，至今除患屢分防。堪嗟諸將功成後，不肯歌鐘會未央。見前此異姓王之用，原爲失策。

關隴車書此日同，相公拜命領元戎。屯邊戍久推充國，納土功寧比竇融。詔出中朝心獨厚，恩頒西土慶何窮。聖人威德原兼用，干羽虞廷舞未終。時三逆連結，而鄭寇亦復出没。徵兵轉餉，紛紛未定，故作者屢形於言。

荆南春日感懷

聖主崇文雅化新，天書初下訪儒臣。漢廷有意尊經術，宣室何妨對鬼神。喜説圖中求駿馬，還看席上得奇珍。上林春色應如舊，憔悴當年獻賦人。此爲詔求鴻博而言。

把酒臨江感慨多，西南天地正横戈。登樓有客依劉表，使粵何人下趙佗。浪接三巴聲激壯，觀名一柱勢嵯峨。偶逢春晝無烽火，聽得琵琶幾曲歌。時南粵猶未平，故中懷有憂。

滿目

滿目紅旗載米船，西南何日罷戈鋋。輸軍未盡蕭何策，憂國空思卜式賢。薄海偏供金革費，群公莫濫水衡錢。焦勞尚體君王意，救亂無如儉德先。

閔叙

字鶴臞，江南江都人。順治乙未進士，官廣西提學。

輯廣西志略漫述

莫擬浮湘續楚歌，雲山渺渺意如何。三唐遷客南中盛，兩宋移官嶺外多。人萃英華承雨露，天留碑碣寵巖阿。即今有士能耽隱，猶自青山卧薜蘿。

捲甲曾聞捷若風，軍威久鎮百蠻中。如何債帥皆徵貨，多事中涓獨總戎。經術籌邊原理學，權謀制勝亦膚功。呼庚誰復蒐軍實，府海司倉自變通。

王 揆

字端士，江南太倉人。順治乙未進士。有《芝廛集》。

送嬾雲道人還滇中

干戈未定欲何之，萬里還家一衲隨。湖海班荆無姓氏，風塵面壁有鬚眉。身當持鉢飄零日，魂憶投詩慟哭時。故國魚龍秋寂寞，不堪憑弔向昆池。

臨清阻泊

河渠啓閉問官程，牐吏威尊阻客行。曉塔晴開篷外影，夜濤寒上枕邊聲。沙昏魚菜喧新市，日暗牛羊下舊城。瓦礫不堪尋故迹，愁聽父老話承平。

讀山翁大師新蒲緑依韻柬寄

江頭父老話興亡，蒲柳春光又十霜。徒有子規愁望帝，更無鸜鵒憶明皇。唐陵麥飯悲寒食，漢臘桑門祝上方。指示旁人盡流涕，講堂鐘鼓暮雲黄。『新蒲緑』用老杜《哀江頭》中語。唐陵麥飯，惟於桑門薦之，可悲孰甚。

偕伯氏周臣過織簾先生故居，同顧伊人訪陳確菴夜宿

草堂人去薜蘿存，灑淚空招未返魂。猶見康成遺故籍，忽思元亮老孤村。青浮稻色秋間路，白照蘆花月裏門。感舊愈難今夜别，追維生死對黄昏。織廉先生，顧麟士也。康成故籍，指麟士言。元亮孤村，指確菴言。確菴、名瑚兩先生皆志節士。末句追維生死，死謂麟士，生謂確菴，一語總收二人。

丁澎

字飛濤，浙江仁和人。順治乙未進士，官禮部郎中。有《扶荔堂詩》。○嚴灝亭云：『祠部少有《白燕樓》詩流傳。吴下士女争相采摭，以書衫袖。』婺州吴之器有句云『恨無十五雙鬟女，教唱君家白燕樓』，爲時傾倒如此。

風霾行

今上御歷十三載，三月旬日風晝晦。詔問有司災異狀，法部郎臣昧死對。臣聞漢帝除肉刑，醴泉溢出芝草生。秦時赭衣常塞路，日蝕星移失恒度。古來祥眚信有諸，劉向李尋數上書。丞相席藁請避位，帝曰咨爾言非虚。方今陽和布大澤，雌蜺晝見飛沙赤。馮夷擊鼓蚩尤争，太乙靈壇詛風伯。秦川地震三輔霜，郡邑不敢追流亡。宿舂未給縣官税，更煩徵調徙燉煌。鉤考參連不知數，譴責稍遲督郵怒。司空歲滿城旦書，廷尉門填桁楊路。商王解網舜好生，聖朝尚德復緩刑。黄麻如飛赦書下，父老涕泣祈昇平。帝省齋宫天可變，風不鳴條世清晏。蒼鷹乳虎投遠裔，赤烏應集靈和殿。臣等披瀝惶恐言，陛下聖明制曰善。時秋官濫刑，故因風霾之變而極言之。末言乳虎去而祥麟來，如來俊臣受誅而甘雨降也。仁人之言，其利溥哉。

題曾青藜尊人傳後

莫爲信陵士，寧作韓陵石。子昇碑記存荒煙，杯酒不澆公子宅。不見曾公古俠者，十歲能文兼躍馬。賦就欲奪雲夢田，劍擊長凌武安瓦。灌夫弟畜朱家奴，乾坤何處容腐儒。豎子成名何足齒，天下英雄君與孤。干戈鼎沸若飛電，江南黄犢如席捲。慷慨談兵尊俎前，草檄特膺公府薦。片紙能勝十萬師，一身恥爲三語掾。登床自許捉刀人，帳中莫使孫郎見。此時樓船横楚州，朝議不敢申同讎。指揮泣下袁開府，信誓直折寧南侯。功成不賞蹈滄海，魯連遺風至今在。歲月俱因戎馬馳，壯心不與滄桑改。徐庶還家爲老親，江湖把釣足閒身。少微星邊憂處士，秋風原上動旁人。有子青藜與我厚，是父聲名滿人口。千古之名何有哉？貞珉長傍松楸樹。予爲此歌君莫悲，聊作阡銘表其墓。

送王山長還楚南

地盡三巴接，將歸南雍州。天空一雁斷，何處岳陽樓。橘樹侵寒雨，猿聲入暮秋。仲宣仍作客，更切望鄉愁。詩取其格。

慰李琳枝侍御詔獄

抗疏今何事，身危直道難。忽聞收北寺，不敢問南冠。草莽臣無狀，朝廷法屢寬。聖明知汝戇，頻取諫書看。慰臣直望主恩也。執政方持法，明君無此心，一種立言之體。

初至靖安寄邸中諸舊友

萬里從戎路，崎嶇正此行。雁聲孤斷磧，虎氣撼空城。淚盡慚兒女，身危仗聖明。刀鐶何日約，回首玉關情。『虎氣』五字如見獻賊破成都後景象。

東岡

信是興王地，城郊古木穠。鸛鳴三殿雨，猱挂二陵松。踈拙違明主，胼胝愧老農。吾廬荒徑近，時見白雲封。

送趙錦帆比部歸汴州

攜酒青門送客多，相看無奈別離何。漫愁關塞疲征馬，從此乾坤有荷簑。藥鼎千年藏日月，雲山一路少風波。天寒大澤行人斷，獨向夷門叩角歌。言錦帆歸去後，草野方有耕鑿之人，推重之至也。

送孫九畹備兵保寧

萬里炎方尚枕戈，旌車八月下牂牁。猿聲苦霧城邊急，虎迹荒原戰後多。僰道生猺能漢語，羌西諸將半渝歌。休言割據蠶叢遠，灩滪秋高起白波。

報宋荔裳觀察

風起盧龍急雁行，幾年歸夢度漁陽。髠鉗季布藏車下，鈎黨符融泣路旁。馬怯危橋流汩汩，鸛鳴横嶺月蒼蒼。榆黄霜白驚秋晚，不敢逢人問故鄉。

見燕

杏葉新陰拂女牆，風吹小燕過池塘。相期定似逢寒食，乍見争如説故鄉。弄影不教沾柳絮，銜泥何惜點琴囊。雙栖並翅真憐汝，愁殺盧家春晝長。一語中，燕之多情與己之多情皆見，可云善作情語。

度嶺見長城

嶺坂風迴樹鬱盤，長城如帶霧中看。隨陽雁斷天疑盡，背日峰高夏苦寒。滄海不沉秦女石，浮雲欲動楚臣冠。伊州一曲先揮淚，況是親經行路難。登高臨深，自有此種眼界、此種心胸。奇警之語，自然湧出。

過長洲吴瑶如郡守招飲漫賦

悲歌燕市意何窮，汝向南行我向東。十九年歸蘇屬國，二千石重漢吴公。他時苦憶淞江鱠，此夜愁聞塞北鴻。休傍姑蘇問麋鹿，荒臺空鑠白楊風。三語謂己從靖安歸，四語謂吴郡守也。

酬應詩能泯酬應之迹，亦復可存。

送汪舟次檢討奉使册封琉球

孤懸鼊嶼海涯間，襟帶窮荒控百蠻。已奉春秋知正朔，何年南北併中山。自天宸翰龍鱗動，繞日珠旂豹尾班。底事皇華念將母，乘風歸路指刀環。本二琉球，後併爲一，故問之。康熙戊戌歲，徐澂齋太史出使琉球，歸省侍母。時作詩送行者，必以出使省親對舉，推爲合律。不知出使是主意，省親只是旁及，殊失輕重也。此詩將母於結處一點，見前輩位置之妥。

送徐徵君電發辟召之京

此去朝辭林屋峰，布衣疏屩倍從容。眼中吾老非衰鳳，足下人稱是卧龍。應詔趨由丞相府，封章辟自大司農。知君蕓閣詩成後，苦憶西堂舊植松。

望天壽山

高峰突兀散流霞，天外鐘聲一徑斜。認道前朝功德寺，老僧還著舊袈裟。廢興之感，於言外領之。只『舊袈裟』三字，便覺黯然。

聽舊宫人彈箏

銀甲斜拋雁柱飛，玉熙宫裏尚依稀。不須彈到《回波曲》，説着先皇淚滿衣。此種竟是唐人絶句。於渾成中見風神，愈咀吟愈有味也，旗亭畫壁，那能遺却？

塞上曲

百戰洮河西備羌，合黎山外月如霜。白頭老將沙場卧，尚説彎弓從武皇。

王日藻 字印周，江南華亭人。順治乙未進士，官湖南巡撫。

潘山人至自遼左

匹馬南歸道路長，相逢畫閣話遼陽。竇家錦字詩難寄，蘇氏河梁雁幾行。秋盡隴雲寒欲雨，陽回邊草白於霜。漢廷亦下金雞使，誰念當時折檻郎。

董　含 字閬石，江南松江人。順治乙未進士。著有《藝葵詩集》。

旅窗讀《漢書》

提兵十萬擁元戎，斬帥湛船意氣雄。戰鬬八年能獨霸，殺降三户竟無功。秦軍已破漳河上，漢社初移渭水東。諸將膝行齊稟命，莫因成敗笑重瞳。坑秦降卒二十餘萬，王漢、王巴、蜀、漢中，使漢王得以還定三秦，項羽之敗徵顯然矣。此云『莫因成敗笑重瞳』，作者巧於立言，勿被瞞過。

登穹窿謁句曲行宮

山勢岧嶤欲到難，玉真宮殿擁千官。香飄下界青冥近，磬入諸天碧落寒。洞口斷雲朝鶴，石根晴樹暮棲鸞。金門羽客龍泥印，夜禮星辰上醮壇。

彭　襄

字子贊，四川閬中人。順治乙未進士。

書屈陶合刻後

變風以後數靈均，彭澤天然見性真。對酒不忘書甲子，懷沙空自歎庚寅。滋蘭九畹心偏遠，采菊東籬句有神。五柳三閭異醒醉，何妨千載德爲鄰。分分合合，律細語工，與鄘湛若《屈原賈誼》一章莫能甲乙。

沈自南

字留侯，江南吴江人。順治乙未進士，官蓬萊知縣。○留侯居官清介，自矢以恩撫民。所著有《藝林彙考》《歷代紀事考異》《樂府箋題》等書。錢牧齋稱其書爲『經籍之禁篥，文章之圃田』。

同韓倬次雪聲遠登快風閣兼寄懷繹堂

秋來傑閣共登臨，極浦遥山入望深。吴苑弟兄欣聚首，梁園賓客最關心。蒹葭拂浪渾如雪，
橘柚垂煙半似金。指點江鄉盡圖畫，遲君墨妙一題襟。

春暮錢牧齋宗伯過訪

登仙曾羡李膺舟，何幸蘭橈復此留。下士昔傳東閣盛，著書終許石渠收。花飛江上泥銜燕，
柳綰亭邊浪狎鷗。擬得三都待題品，當年玄晏最風流。

王澤弘

字涓來，湖北黄岡人。順治乙未進士，官至禮部尚書。著有《昊廬集》。

○昊廬辭官後移家金陵，既老，矻矻《風雅》，遠近奉爲總持者也。緣稿本未鐫，漸次散失，故所收止此。

感懷

千金購奇書，冥心躭誦讀。有時探真源，古人在吾目。胡爲老雕蟲，中原正逐鹿。鴻飛何所逃，烏止誰之屋。孰居政事堂，靦顔竊鈞軸。墻東有老儒，呼天方痛哭。此感前代大臣之非人。温體仁巨姦，後繼以周延儒、魏藻德輩，欲國之不亡，不可得也。有君無臣，儒生早已殷憂。

送陳心簡之遼東

驅車獨旅向三韓，九月秋風已漸寒。纔道玉門生入穩，誰知鐵嶺放歸難。長天積雪家何處，絶塞嚴冰路幾盤。鴨緑江深終古恨，南來鴻雁報平安。

留侯祠

轂城山下草離離，追憶高風繫所思。漫道留侯如女子，每看楚帝只嬰兒。報韓志切逢黄石，翼漢功成賴紫芝。身退拂衣還辟穀，神仙原是帝王師。

易州使院詠松

去年手植新松樹，碧葉青枝取次陰。榦長凌雲應有日，後人誰識歲寒心。果抱歲寒心，後人自有識者。

買花

賣花擔上露纔乾，野老移來滿藥闌。抛却故山花事盛，翻來燕市買花看。

陸鳴珂

字次山，江南華亭人。順治乙未進士，官學使。著有《使蜀詩草》。

七盤上雞頭關

北棧行將盡，雞頭勢轉雄。七盤蟻旋磨，百折馬行空。天險關山壯，人謀斧鑿工。十年轉戰地，故壘動悲風。山川之險，須得奇警一聯寫之，此老杜遺法。

方兆及

字子詒，江南桐城人。舉人，官山東按察司僉事。著有《天文官制》諸書，詩稿散佚，兹於《龍眠風雅》中采取二章，等於吉光片羽。

劉生

劉生可是高皇裔，任俠由來重漢京。六郡良家輸浩氣，五陵豪士屬荒傖。雕龍雄辯金張館，獵騎橫穿衛霍營。死難報恩如飲食，一言投合此身輕。劉生，未詳何代人。辭始於梁元帝，是六朝時樂府也，後人相沿詠之。篇中狀其任俠縱橫，已云曲盡。

銅雀妓

漢室金甌非改步，曹公銅雀已成臺。名姝俱匹英雄去，豔質惟邀妓女來。瑶席冷餘無霸氣，繐帷空後有微哀。却憐疑塚紛如垤，欲望何從心早灰。此平調曲也，始於張正見，寫其分香賣履，囑令登臺望陵情事。姦雄末路，不獨可醜，亦且可憐，作者不留餘蘊矣。

國朝詩別裁集卷五

長洲沈德潛歸愚纂評　男　種松校字
江陰翁　照霽堂　長洲周　準欽萊同輯

錢陸燦

字湘靈，江南常熟人。順治丁酉舉人。○湘靈爲牧齋族子，然其詩不爲虞山派所縛，别調獨彈，戛戛自異，毗陵學詩者多宗之。

牡丹花下集，同袁籜庵、唐祖命、方爾止、張瑶星、余淡心、黄俞郃諸君子長句一首

前歲花時渡江去，去歲吴門三月暮。三度花開一度看，今年恰在金陵住。金陵舊是帝王都，歲歲花開如畫圖。此花又殿春風後，朱衣王謝相傳呼。一筵醵費中人産，一花千人萬人眼。金盤綵籃共貽贈，招邀名士分折柬。永和蘭亭金谷園，月落檀板催金尊。百尺烏絲長到地，清辭艷

句争飛翻。得所穠花易消歇，子規啼血栖宫闕。無復天彭百馱花，王孫五勝埋香國。花殘人散可憐春，十處園林九處塵。欲往城南訪耆舊，酒徒零落空芳辰。太史園中花百種，紅欹緑捧花頭重。花神有意洗粧遲，要勒詞頭固君寵。諸公同日看花來，鄧生酒甕還重開。廿年無此好事者，無詩不醉那能回。酒醉詩成花欲語，明歲花開待予汝。春雨春風作主人，鸞飄鳳泊同羈旅。於一花之榮落，傳國步之盛衰中。後跌宕淋漓，有對此茫茫，百端交集之感。◯天彭，山名，陸游有《天彭牡丹記》。五勝，猶金木水火土五德，言迭相勝也。

計東

字甫草，江南吴江人。順治丁酉舉人。◯甫草負奇氣，過鄴下，見謝茂秦墓圮壞，盡橐中金爲修墓。過順德，知歸震川嘗佐郡，有《廳記》二篇，求遺址不得，乃入署旁廢圃中，瓣香再拜。至吴，稱門生於黄孝子向堅，人共賢之。詩不苟作，時露胸中抱負。

宣府中元夜即事

邊月新秋夜，哀音四面齊。戰場多舊鬼，野祭有遺黎。柝亂愁人聽，風驚倦鳥栖。遥遥天漢上，河鼓漸垂西。

任丘道中迴望西山有感是日爲新進士臚唱。

不盡西山色，蒼茫遠帝都。内廷傳甲第，我舌問妻孥。寂寞隆中嘯，悲涼督亢圖。昔賢知未遇，時一哭窮途。極失意時説來，却有氣骨。

宣府逢立秋是歲閏七月。

秋氣吾所愛，邊城太早寒。披裘三伏慣，擁被五更殘。風自長城落，天連大漠寬。摩霄羡鷹隼，健翮爾飛摶。

鄴城弔謝茂秦山人

鄴中懷古正秋風，詞賦深慚謝氏工。生欲移家辭白雪，没隨疑塚對青楓。諸王禮數何常絶，七子交期竟不終。自是貴游無遠識，布衣未必歎飄蓬。王季始推茂秦爲盟長，後稱眇山人而黜之，見交道之不古也。後半大爲布衣吐氣。予有《論詩絶句》云：『眇目山人足性靈，詩盟寒後苦飄零。後來誰弔荒墳者，只有吴江計改亭。』改亭，甫草别號也。

答雲間蔣馭閎

西陵原上憶經過，屈首從君學《九歌》。豈意邊書驚御宿，遂令複壁老山阿。破家張儉飄零久，賃保王成辛苦多。今夕相逢還道故，數聲鶴唳起庭柯。

吴兆騫

字漢槎，江南吴江人。順治丁酉舉人，以科場事戍塞外。後赦歸，旋卒。著有《秋笳集》。○漢槎傲岸自負，嘗顧同輩，述袁淑語曰：『江東無我，卿當獨秀。』其不顧世眼驚可知也。乃無辜被累，戍寧古塔，比於蘇武窮荒十九年矣。然緣此詩歌悲壯，令讀者如相遇於丁零絶塞之間，則嘗人世之奇窮，非正使之爲傳人耶？詩可采者多，兹取其尤魁壘者。○漢槎閱歷，倘以老杜之沉鬱頓挫出之，必更有高一格者，此則王楊盧駱當時體也。然就此體中，他人未能。抗行宜爲梅村首肯。

閏三月朔日，將赴遼左，留别吴中諸故人

薊門三月柳堪折，玉關遷客肝腸絶。結束征車去舊鄉，矯首天南恨離别。憶昨胥臺事俠遊，才名卓犖凌王侯。黄童雅擅無雙譽，温嶠羞居第二流。相將日向春江曲，闔閭墓前草初緑。綵鷁春風客似雲，珠簾夜月人如玉。少年行樂恣游盤，夾道飛花覆錦湍。按歌每挾茱萸女，駐馬頻看芍藥欄。筵前進酒題鸜鵒，一日聲名動東府。擬從執戟奏甘泉，恥學吾丘能格五。去年謬應公車徵，駿馬高臺幾度登。自許文章飛白鳳，豈知謡諑信蒼蠅。蒼蠅點白由來事，薏苡偏嗟罹謗議。賦就凌雲秖自憐，投人明月還相棄。身嬰木索入圜門，白日陰沉欲斷魂。北燕漫説鄒生哭，東海誰明孝婦冤。銜冤犴狴悲何極，慷慨陳詞對巖棘。幽怨空教托楚辭，嚴威竟已罹秦格。忽承恩譴度龍沙，邊草茫茫去路賒。名列丹書難指罪，身投青海已無家。銷魂橋畔誰相送，一曲蘆笳自悲痛。皂帽暫非避世人，青山何處思鄉夢。鄉心日夜遶江干，江柳江花不復攀。萬重關塞行應徧，十載交遊見欲難。從此家山等飛藿，滿眼黄雲横大漠。自傷亭伯遠投荒，却悔平原輕赴洛。一向冰天逐鴈臣，東風揮手淚沾巾。只應一片江南月，流照飄零塞北人。比明妃遠嫁哀慘過之。篇中先叙少歲才華、故鄉遊讌，以次入蛾眉謡諑、萬里投荒，有不堪南望者矣。與楊升庵《宿金沙江錦津舟中别友》諸作同一悽惋。

同陳子長夜飲即席作歌

豪氣君未除，長嘯輕遠遊。雖爲遼海客，不識邊城愁。青絲玉壺銀鑿落，中宵坐我碧油幕。海風吹天星動摇，邊色横煙月澄廓。倚笛頻驚出塞聲，銜杯尚擬華年樂。黄龍東望沙茫茫，黑林樹色參天長。此行應痛永乖别，他時相憶徒慨慷。愛君且復飲君酒，庭樹摇摇挂珠斗。夢去難攀鶴市花，醉來聊折龍城柳。眼中萬事盡飄蓬，爾我安能日携手。故園何處五湖濱，難後逢君意轉親。誰憐玄菟城頭月，泣盡黄公壚畔人。遼海逢故人，又復踪跡飛蓬，旋當離别，有倍難爲情者。讀結語，令人同聲悲咽。

同陳子長坐氈帳中，話吴門舊遊，愴然作歌

遼城四月春風來，黄鸝啼樹梨花開。陳生邀我郭南去，笑騎鞍馬雙徘徊。沙場黯黯日將暮，半醉歸來解鞍卧。氈墻誰撥鵾雞絃，彈作商聲淚交墮。憶昨故鄉百不憂，命儔嘯侣吴趨遊。裁詩每題白團扇，縱酒惟賭青羔裘。沙棠之槳雲母舟，美人玉袖搊箜篌。金窗銀燭月未午，清歌窈窕無時休。就中少年三五輩，徐郎顧子稱風流。獨孤側帽傾士女，正平摇筆凌王侯。百年行樂

竟誰在，淒涼邊地傷離愁。只今相對休悒怏，人生苦樂猶迴掌。隴西將軍困醉尉，邯鄲才人辱廝養。古來憔悴多名流，吾輩何悲棄榛莽。君纔弱冠我盛年，可憐淪落俱冰天。舊遊一別已如雨，陰關萬里徒含煙。寄哀欲托庾信賦，賞音空憶鍾期絃。金尊有酒且沈醉，何須惆悵風塵前。憶昨一段，以少年行樂形出，只今蕉萃，作寬解語，彌不堪也，勿認作排遣看。

贈吴穉恭散騎自注：故恭順侯勛衛。

白頭吴叟何龍鍾，先朝曾直華清宮。十年喪亂無人識，萬里羈孤泣路窮。憶昨西京全盛日，子侯年少承殊澤。門下金鞍慣射生，樓中銀管頻留客。油碧香輪陌上驕，佩刀日護紫宸朝。從獵別分都尉馬，奉車特賜侍中貂。山河舉目須臾異，荆棘淒涼舊東第。仙人已歎海生塵，侯家寧保山如礪。幾度天涯怨負薪，蕭條絶塞詎逢春。夢裏宮雲雕輦路，愁中邊草玉關人。玉關回首傷懷抱，短衣濁酒長潦倒。雀滿門前翟氏悲，羊歸隴上蘇卿老。日暮哀笳四野聞，黄榆秋雪正紛紛。憑高欲縱鄉關目，腸斷南歸雁幾群。此故侯之後同在遼左，同不能歸，因腸斷於南飛之雁也，視青門種瓜人不堪並論矣。

贈孔叟

孔叟俠者今白頭，橫戈曾事當陽侯。自注：崇禎中，叟以副帥事楊相國嗣昌。十年困頓蝸蠮塞，五月不脱羔羊裘。征南幕府久零落，猶復雄名動寥廓。絶域魂銷白雁書，沙場力盡斑絲槊。擊衣不得心自哀，置鉛無成目空矐。自注：甲申冬，欲刺李自成，不克。可憐喪亂識皃毛，敢道精誠生馬角。萬里蒼茫故國悲，側身天地何時歸。鄉夢已迷三楚道，鑾煙休望九疑開。此日相逢把君手，倚杖班荊撫西缶。感舊應憐鬢上霜，悲歌且酌尊中酒。入關蕭永正漂零，思趙廉公已衰朽。半酣起舞何慨慷，俛眉斂迹空摧藏。丈夫失意會如此，君今那必哀窮荒。與上一章同意，而贈吴作悲涼，贈孔作激壯，風調各别。

北風

馬上北風哀，黄雲慘不開。寒摧龍磧斷，聲捲雁沙來。驛騎衣空寄，嫖姚戰不回。何人吹篳篥，淚盡落雕臺。

感懷詩呈家大人

棘寺陰沉樹色長，故園何處淚沾裳。獨憐積毁能銷骨，無那銜冤易斷腸。授簡圜扉思夏勝，上書梁獄泣鄒陽。金門咫尺招賢地，不得雄文達建章。此繫獄時作。授經無人，上書無路，疾痛慘怛，呼父母，信然。

寂坐匡床飲濁醪，臨風愁聽角聲高。謗書何事騰三篋，壯士由來泣二桃。目斷鄉關空涕泗，心傷烏鳥自悲號。可憐一片江南月，永夜蒼蒼客夢勞。漢槎《西曹雜詩》自序云：『望慈闈於天際，白髮雙悲。憶少婦於樓頭，紅顏獨倚。』讀之，他人亦爲哽咽。

出關

邊樓回首削嶙峋，篳篥喧喧驛騎塵。敢望餘生還故國，獨憐多難累衰親。雲陰不散黄龍雪，柳色初開紫塞春。姜女石前頻駐馬，傍關猶是漢家人。自注：關前有姜女望夫石。

晚自雞頭崖至天龍屯

迢遞回岡抱塞長，暮雲歸路劇羊腸。馬嘶古磧寒沙白，鴉亂荒城夕照黄。病後關河空涕淚，戰餘身世各蒼茫。客遊不異松花水，日夜滔滔下北荒。

九月八日，病起，有懷宋既庭、計甫草，因憶亡友侯研德、宋疇三、丁繡夫

歲晚霜清木葉愁，病餘蓬徑愧淹留。紫臺一别悲蘇李，青草頻年哭應劉。歸夢關河長伏枕，客心天地各驚秋。明朝誰是登高侣，零落黄壚豈再遊。懷賢傷逝，故園亦復神傷，況萬里之外乎？所交與者，皆慎交社中正人，作者品地從此可見。

帳夜

穹帳連山落月斜，夢回孤客尚天涯。雁飛白草年年雪，人老黄榆夜夜笳。驛路幾通南國使，

風雲不斷北庭沙。春衣少婦空相寄，五月邊城未着花。寄衣，舊事也，道來自新。

五日阻水牛馬河

五日驅車度極邊，中宵移帳阻長川。波間不斷千峰雨，林上争喧七澗泉。鐵騎風沙行戍日，錦帆絲管舊遊年。汨羅猶是江南地，始覺靈均未可憐。

小烏稽

連峰如黛逐人來，一到頻驚暝色催。壞道沙喧天外雨，崩崖石走地中雷。千年冰雪晴還濕，萬木雲霾午未開。明發前林更巉絶，側身修坂倍生哀。

奉酬徐健庵見贈之作次原韻

金燈簾幙欵清關，把臂翻疑夢寐間。一去塞垣空別淚，重來京洛是衰顔。脱驂深愧胥靡贖，裂帛誰憐屬國還。酒半却嗟行戍日，鴉青江畔度潺湲。此贖歸後晤健庵尚書作，感激中自存身分，見古道交。

三月十二日河上口號

三月歸鴻滿塞天，流澌日暮尚淒然。自從身逐烏龍戍，不識春風二十年。

孫　暘

字赤崖，江南常熟人。順治丁酉舉人，以科場事戍遼陽，後赦歸。○赤崖定多塞外詩，因未見稿本，無從采入。

春日北行夜泊江口

泛泛桃花水，春風路幾千。月明寒食夜，人在廣陵船。極浦迷鄉樹，孤蓬接遠天。黄昏何處笛，吹緑一江煙。高格渾成。

還家八首之三。

歲歲還鄉夢，今朝夢始真。到家仍作客，無地可容身。山色迎人好，湖光入眼新。廿年成底事，悔不早投綸。喜極還家，而無家可歸。此種情事，服其真寫得出。

弟妹何年别，盤餐此夕同。看來頭盡白，語罷淚俱紅。垂老重聞亂，還家舊業空。但能長聚首，不必問窮通。

少小離鄉縣，何堪老大歸。出門童子問，見面故人稀。道路忘南北，溪橋半是非。青青山色在，猶到舊柴扉。三章真樸，寫情不加追琢，應得力於少陵。

潞河遇尤展成

遠道誰傳尺素書，十年魂夢隔醫閭。看來華髮君相似，得隱青山我不如。異日才名齊屈宋，近時踪跡混樵漁。鼎湖一去無消息，狗監何因薦子虛。此赤崖放歸，遇尤悔庵作。時悔庵已罷北平司李，世祖屢嘆爲才子，而鼎湖上升，無人更爲薦達，故末二語及之。

甲寅四月，宋蓼天少宰以邊才特疏薦，余詩以謝之

百粤風煙控七閩，山公啓事一時新。未能馬革酬明主，肯爲猪肝累故人。瑟向齊門知不好，履穿東郭自安貧。澄清事業須公輩，願乞餘生伴釣綸。康熙甲寅耿逆畔於閩中，時需邊才，故少宰薦之。

送鄧孝威南還

誰遣徵書問鶡冠，又看蒲轂出長安。到來京雒文章貴，歸去江湖天地寬。碣石虛聞求駿骨，邗溝無恙把漁竿。臨岐珍重加餐飯，白首休歌《行路難》。時孝威試鴻博不第，作詩送行，故有『歸去江湖天地寬』句。

田茂遇

字髴淵，江南華亭人。順治丁酉舉人。

貧交行

古人不貧才不老，今人貧乃傷懷抱。古人結交重青雲，今人棄置同秋草。今古人情何太殊，我來仗劍邯鄲道。邯鄲城中遊俠多，邂逅相逢意氣好。腰間脱劍且按歌，尊中有酒復傾倒。上堂拜母下揖嫂，與子縫裳復剥棗。君不見，古來英雄不用爲傭保，叩角行歌石皓皓。作者負氣抱奇，於此一詩見之。

孤兒行

孤兒啼聲何淒然，問汝啼何爲？長跪答言：父爲南海太守，居官清廉，不枉取一錢。嗚騶吹角，大吏巡邊，前導到部勢喧然。晨報謁，不得前。夕報謁，不得前。急從販繒者，貰縑百聯。獻之幕府人不歡，曰：此邦舊有百斛珎珠船。大吏朝去境，夕拜牋，守此海邦另擇名賢。烏白鷺黑，上下茫然。父羈南海不得旋，客死歸黄泉。兒負嫠母，跋涉山川，乞食路間。望見大吏鳴騶吹角仍巡邊，猗嗟父骨歸何年？音節全從古樂府出。乞食路間，後復望見大吏巡邊，痛絶在此，警絶亦在此。

曾畹

初名傳燈，字楚田，後更名畹，字庭聞，江西寧都人。順治丁酉舉人。◯《有學集序》：『庭聞詩謂朝而紫塞，夕而朱邸，涼州之歌曲與凝碧之管絃繁聲入破，奔赴交作，令讀者回易而不能自主。』

麻平寺逢友人自楚至

空山留一寺，下馬忽逢君。蜀道無長轂，征衣有棧雲。秋邊鳴細雨，谷口上斜曛。客自瀟湘至，猿聲似慣聞。

雞頭關

南山忽已盡，納納褒城春。漢水原通蜀，巴山不過秦。燒荒熊出壩，樹密虎窺人。銘德昆吾者，還應問釣綸。

同僧登赤嶸

看碑尋赤嶸，采菊到黄州。雁氣回秋渚，江聲撼酒樓。兵戈雙眼淚，吴楚一孤舟。蕭瑟匡山客，應隨慧遠遊。

劉塤

烏龍江欲出，劉塤即聞波。哀壑笙竽奏，秦川鸜鵒歌。天應一線落，雲入九層多。谿谷人民少，開荒近若何。言江遠而先聞波聲也。一起奇拔，通體字字刻削，不肯一語輕下。

章在兹

字素文，江南吴縣人。順治丁酉副榜。○我吴操選政莫盛於楊忠文公之《同風》，素文先生繼之，每一部成，其序文文目，老媪僕人匿而不出，坊間演劇予金，始付之，此吴中佳話也，事載《質亡集》中。

將出金陵

昔日秦淮渡，高歌舊酒樓。今來江上月，獨對帝城秋。壯志銷投牒，微軀賤旅遊。干將鋒盡折，真悔覓封侯。以古詩體行律詩，蔪然筆力。

都中雜興之一

入洛誠多事，遊梁亦已頻。半生歡結客，一剌肯依人。不遇鍾期聽，何慙原憲貧。倚閭終日望，只是負慈親。喜結客而不傍門户，其品可知。一結藹然仁孝。

漢武

調遣天兵過月支，蒲萄新發上林枝。初聞使者巡三輔，又命將軍號貳師。越嶲樓船通屬國，朔方烽火照征旗。羽林無數孤兒在，獨向高臺泣望思。

陳廷敬

字子端，山西澤州人。順治戊戌進士，官至大學士，謚文貞。著有《午亭文編》。○澤州居館閣，典文章，經畫論思密勿之地，幾四十年，故其吐辭可上追燕許，兹特取其典質樸茂者著於卷中。

平滇雅三篇

岳湖逐寇也。

岳湖洋洋，我武洸洸。謂南有藩，無敢撼我疆。岳湖滔滔，我武嚻嚻。謂南有藩，無敢闞我郊。一章。我疆大矣，我圉溢矣。芽蘖其間，竦棘合蝟。昔我南藩，化爲異類。二章。帝如兩大，以覆以載。推食以食，解衣以衣。遷之善地，勿剪勿拔。三章，拔，音佩。彼惟狂昏，狡焉生心。肆爲誅首，啓戎於南。如螗奮臂，如蚋决眥。首仰臆張，如豕斯鷙。四章。惟帝咨嗟，惠威是崇。溥往禽之，孰佐予功。予矜下民，救此一方。取其殘凶，是類是造，禡於臨衝，五章。楛矢敦音雕。弓，我弓我矢，靡旌摩壘。兵無遺鏃，耕無失耜。天塹茫茫，限此江水。既斷其趾，且斬其頞。六章。盗負險阻，距趯躍踉。翾飛飢歗，羽翅以張。候在太白，占於天狼。我涇我隴，是震是驚。七章。維彼閩粤，波蕩海垠，帝屢下顧。哀此墊昏，盗往連結，倚以父母。乃餌乃誘，乃爲盗守。八章。帝援天矛，鎩羽截鱗。嶺海革面，蒙羞來臣。禽虓於威，柔肌於恩。盗失厥助，飛魄殞命。九章。老雄野死，梟雛棲棲。巢湖飲海，傾摇於波。爾居鮠鮀，我步逶遲。大祖高驤，賊焉遁逃。十章。洞庭湯湯，岳陽峨峨，載驅載馳，爰拔厥家。十一章。惟人歸德，惟帝之謨。窮經窟宅，是剪是屠。我武熚燿，式廓鬼區。百蠻萬國，傒我來蘇。十二章。○第八章謂耿、尚二逆助吴逆反也。第九章謂三桂既死，賊勢漸衰，而我師以神武臨之也。

湘東克衡也。衡盗倚爲巢，克之，武功將成也。

師渝於江，於湘之東。師如雷馮，震衡岳以攻。一夫爲逆，多方則病。播虐抗有德，我人斯奮，卒歸厥命。一章。歸命伊何？衡人之災。衡盗所家，追奔逐北。犀甲雕戈，虎旂龍節，天威所加。二章。帝臣如虎，帝師貙武。烈烈旂旐，淵淵金鼓。嶷嶷緌章，嘽嘽戎路，莫我敢拒。三章。右刈武陵，左掃星沙。磨崖岣嶁，我功孔嘉。戎馬晨服，候烽夕遮。剿絶惡本，敢遺萌芽。四章。其恃楓木，其恃辰龍。震之拔之，自西自東。陟嶺踰徼，於山於川。遠招邇歸，因豪解顔。五章。東西合師，進次於沅。孽童日蹙，怙凶忍頑。左擣其虚，右攻其堅。載闢載祓，會於中權。六章。既克於沅，沅人娶娶。如日之昇，如霖遇晞。以肉其枯，以剙其羸。式歌且舞，以樂我師。

七章。南訖羅施，來迎壺漿。嗚鞞銅鼓，洗兵盤江。彼寇輿尸，晝匿宵奔。滇人荒荼，待我於門。八章。凡此滇功，惟天子乃成。古者推轂，梱外以行。今者決勝，一秉廟廷。孰是遺孽，而㕓睿明。九章。師徒渾渾，漸集於滇，惟天威式監。官臣恪守，乃獲其醜。保大定功，流聲焉窮。十章。◯此專爲克沅言之，沅克而諸蠻歸化，遺孽退歸於滇，不敢復出矣。

滇池 盜伏于滇，師受聖策平之，武功成也。

滇池洶洶，帝乃平之。匪彼元戎，惟帝之功。高居北極，洞視下方。惟仁智勇，克靖萬邦。一章。帝命臣塔：汝從西粤，急擣其窟。塔拜受命，銜枚束刃，環滇其來。龍駭鵬騫，軍聲轟然，如墜自天。二章。帝命臣里：汝往巴蜀，横剪側入。里拜受命，量沙追蓐，有疾其驅。無暴我邦，踣栅跐壘，言壁其東。三章。帝命臣泰：汝從黔趨。惟此蝨賊，數載曠誅。汝將士用命，賊其敢逋。泰拜受命，於皇之訓。四章。我旐我旗，於苗於蠻。度幕輕留，彌險蔽關。奪其阻隘，掀其籬藩。獸窮負嵎，我師固以完。五章。帝命我師：勢爲犄角。麾城撕邑，萬里手握。維彼鷇麛，敢抗喬嶽。維彼萌㮇，敢傲霜雹。六章。彼㮇繁矣，於焉蟠根。雨露既濡，忘帝力之勤。聖人神武，施設芟夷。斮彼梟鷲，張我熊螭。七章。傫鐔批亢，下甲陷堅。箕張翼舒，合圍於原。獸窮於阱，人或獸哀。快彼凶醜，覆卵毀胎。八章。帝曰吁嗟，勞我人師。日費百萬，大農不支。滇人望拯，如餔療飢。載礪載攻，天策攸宜。九章。孟冬月杪，師薄於城。降旛夕豎，逆駭縱横。

林野塗腦，郵驛遞顱。滇人歌舞，於屋於衢。十章。夜半捷來，天心惻楚。閔憐下民，罹此荼苦。我將我師，於野暴露。布惠疇功，急疾如火。十一章。於廟於郊，其儀孔熾。華俎腯牲，永言昭事。都人士女，白叟黄童。歎呀嘻笑，祝我聖躬。十二章。帝曰歸來，予開明堂。制禮興樂，登賢拔良。孩養無告，施厚仁滂。熙我庶績，綱舉目張。永萬斯年，率由不忘。十三章。○此篇爲遺孽既平，武功告成而言。○《平滇雅》三篇，平吴逆作也。康熙十二年冬，吴三桂反雲南。明年，耿精忠反福建，既尚之信反廣南，相繼應之。時諸將稟承廟謨，以次進討。十五年，耿逆降。十六年，尚逆平。至二十年，章泰貝子賴塔二將軍下雲南，吴世璠自剄死，雲南平，時三桂已前死矣。三篇爲吴逆言，而連及耿尚。詞氣典重，與柳子厚《平淮夷雅》相埒。末歸本天子好生仁武不殺，猶柳《雅》意也。事詳《平定三逆方略》。

贈孝感相公

十有四年春，惟三月日吉。枚卜擇近臣，學士登密勿。搢紳賀於朝，處士慶於室。僉曰帝知人，吾等夙願畢。公無得志容，庭館轉蕭瑟。公誠王者佐，生平學稷契。致君慕堯舜，自此見施設。銅扉半夜開，沙隄帶月出。暮讀書百篇，朝入語移日。勞瘁咫尺地，欲使萬國活。時方事南征，戎馬久未歇。黎元尚瘡痍，原野恐騷屑。晴風卷旌旗，三農乍起坒。况我仁義師，忍此田間物。公爲民請命，聞者感心骨。數日政事堂，綵綸慰飢渴。中朝相司馬，姓字及走卒。身當畫凌煙，名其懸日月。昔時同學人，翹首望回斡。『勞瘁咫尺地』以下見兵戎未停、瘡痍滿野，而以爲民請命望之相臣，得古人贈言之體。

施愚山見寄長歌和答

闌珊夜雨雞鳴號，關山夢回心魂勞。我所懷思渺天末，涼風一起秋蕭條。美人昔贈《相逢篇》，吴綃三尺森瓊瑶。今晨曉窗坐展翫，我欲報之情鬱陶。憶昔相逢客京輦，城南華徑紛招要。酒酣惆悵秋燈紅，羨我髩髮漆黑同。即今倏忽别四載，頭上已有霜枯蓬。眼前諸子幾人在，浮雲溝水馳西東。萬事回頭淚沾臆，人生朝露誰能必。楚澤難招宋玉魂，緱山不返王喬舄。自注：指茘裳、西樵。二子歌詞自絶塵，聲華爛漫今何益。男兒七尺良可哀，生存華屋終黄埃。儒術用世行已矣，浮名寂寞何爲哉！不如放意遊八極，掃除文字栖淵默。未斷塵情憶遠人，茫茫江水分南北。康熙初，公與西樵、漁洋、茘裳、愚山、顧菴、繹堂諸公時爲文酒之會，號稱極盛。而聚散存亡，人生難免，多情人不勝華屋山丘之感也。末歸到掃除文字，栖心淵默，所見又高一格矣。

東山亭子放歌

東山望南山，百里墮我前。山亭横絶浮空翠，闌干縹緲臨無地。我來氣與霜天高，風塵歸後寒蕭騷。拂衣枕石每獨往，垤蟻群笑滄溟鰲。百事回頭如舊否，一片青山落吾手。倦客重尋岡上廬，童時舊種門前柳。盡掃西風萬古愁，且傾落日三杯酒。君不見，謝公高卧東山時，起爲蒼生已白首。昔時絲竹轉淒涼，美人黄土今安有。百年我亦一東山，日夕樵歌動林藪。

分流水送人北歸

分流水，流濺濺。行人到此寂無語，别淚滴作分流泉。我行南來幾千里，多情送遠北河水。北河相送去茫茫，南河相迎客路長。與君相别分流處，春草春花易斷腸。命意遣詞如出唐人手。

渡江見焦山有作懷林吉人

江流近海迎朝暾，焦山蒼蒼當海門。憶君焦山古鼎篇，勢凌海日傾江源。金山樓觀特瑰麗，撞鐘伐鼓風濤喧。我行再過焦山下，海雲堂中空夢魂。兹山不到屢惆悵，懷慙竟踐蘇公言。惟我與君亦如此，知禰不薦昔人恥。只有思君日夜心，長江湛湛東流水。結另用意，而以不能薦賢爲恥。相思不斷，如水東流，猶見相臣心事。

三月三日同楊松谷泛舟沁水

始得方舟穩，滄波轉路迷。濤聲春晝外，寺影夕陽西。楊柳横橋暗，桃花夾岸齊。十年江海興，與爾手同携。

晉國

晉國彊天下，秦關限域中。兵車千乘合，血氣萬方同。紫塞連天險，黄河劃地雄。虎狼休縱逸，父老願從戎。予少時，尤滄湄宫贊以《午亭詩》見示，讀《晉國》一篇，愛其近杜。後讀《漁洋詩話》，亦謂其獨宗少陵。前輩先得我心，不勝自憙。

關樓

壁壘高樓壯，旌旗古鎮尊。塞風春不斷，邊日晝長昏。悲角關樓動，孤城海氣翻。往來憑弔意，辭賦欲銷魂。

張東山少司寇宅觀奕

真見長安似奕棊，故山回首爛柯遲。古松流水幽尋後，清簟疏簾對坐時。舊壘滄桑初歷亂，曙天星斗忽參差。秖應萬事推枰外，夜雨秋燈話後期。東坡、少陵語，一經鎔冶，無限風神。

出關門百里宿沙河站

關南滄海浮天白，漠北連峰拔地青。一片山河圍郛塞，幾家煙火接邊庭。遼歌調苦風還斷，蘆酒愁多夜易醒。却喜皇威臨絶域，鎮東山海關東門曰鎮東。門户不須扃。

送少師衛公致政還曲沃

閣道雲山仗外峰，朝回請急未從容。再來父老看司馬，此去乾坤有卧龍。夢繞細旃聞夜雨，春回長樂遠疎鐘。知公未穩江湖興，民隱還須達九重。

邯鄲道上

炊熟黄粱已是遲，海門歸路幾人知。却憐朝市紛紛客，怕説盧生夢醒時。盧生之夢終有醒時，怕説殊無謂也，此等詩可當禪家棒喝。

鄒祗謨

字訏士，江南武進人。順治戊戌進士，有《遠志齋集》。

中秋京邸

此夜中秋月，清光十萬家。吴歌聞隔院，邊調入征笳。北闕横秋色，西山隱暮霞。故園叢桂樹，應發昔年花。

清河縣

客久歸程近，鄉心益不禁。春波高泗水，暝色下淮陰。漠漠寒林樹，蕭蕭枉渚禽。黄河流不到，禹德歎彌深。今已淮不敵黄，非復曩時清河矣。讀結二語，可勝慨然。

高晫

字玄中，山西襄陵人。順治戊戌進士。

目則山

削出目則山，矗起阿棘部。舍馬從步入，路仄足跡聚。泥濕苔如鏡，石鋭勢若拒。攀援斷藤行，數起而數僕。山脚霞未明，山腰日已午。曲徑從今日，草木自萬古。叢叢迴寒風，霏霏染翠羽。彷佛露崇岡，巒營列山塢。廢竈留殘煙，道傍拾遺弩。泠然泉聲落，似猶雜金鼓。盤頂雲霧開，秀峰若可數。恍惚見吴山，慰此行路苦。未敢舒鸞嘯，恐驚豺虎怒。極形山之險削，而兵戎未平意即於眺望中見之，字字峭拔，不肯輕下。

寄答桑楚執見懷

短髮空餘老大悲，三年一讀故人詩。竹間殘局完公事，塞外新編是宦資。自笑子長牛馬走，誰憐杜甫鳳凰饑。何時責石青峰下，共跨黄羊侶鹿皮。

别寧州嚴靖公

碧樹初寒萬籟秋，昆明池畔動離愁。九年蘭佩分香澤，一日征鞍賦遠遊。民力東南雙涕淚，心旌日夜大江流。遥知别後相思夢，應到樓山最上頭。鍊句鍊意。

李念兹

字屺瞻，陝西涇陽人。順治戊戌進士，官景陵知縣。◯《有學集》序秦人詩自李空同、文太清，皆有車鄰駟驖之遺聲。屺瞻行安節和，一唱三歎，有蒹葭白露，美人一方旨意，非秦聲也。

登浮山

絶頂憑誰引，蒼藤乍可攀。偶然臨險地，不信在人間。古洞遥通棹，江光日侵天。東南百戰後，登眺淚潺湲。『不信在人間』，登高時實有此想。

螢

不自慚微照，秋宵欻欻飛。乘陰稍騰上，化腐暫光輝。月暗時依砌，風生亂點衣。時危妨誦讀，乾死舊書幃。

立春夜感懷

聞道花門信，甘州今尚圍。城分猶拒戰，兵久未成歸。刁斗連邊動，軍書入塞飛。客懷無一可，愁絶盼春輝。

雲

片片浮雲去，愁人正望鄉。東風吹送汝，幾日到咸陽。懷歸之作，自是唐音。

徐文烜

字又章，江南青陽人。順治戊戌進士。

浙東別友人

歲晚催孤客，鄉心逐小舠。來隨江水遠，去繞越山高。寒日淡霜野，陰風亂夕濤。感君多意氣，不必贈綈袍。

張一鵠

字友鴻，江南華亭人。順治戊戌進士，官滇南司李。

辰龍關

天地金湯險，由來王氣鍾。五丁開絶塞，二酉抱神龍。亂眼奇峰過，驚心暑瘴重。興亡千古在，立馬倚長松。

懷人

西南諸國滇爲大，六詔新開僰道平。應憶松江蓴菜好，却將老眼看昆明。

李天馥

字湘北，江南合肥籍，河南永城人。順治戊戌進士，官至大學士，謚文定，著有《容齋集》。◯容齋以薦賢爲己事，己未召試鴻博，所薦者爲李太史天生、秦太史對巖。又清獻陸公、猗氏郘公罷官，特汲引爲名臣。餘單門寒素有文行者，必使之成其名。所謂其心好之，實能容之者，後大臣中絶無其人。

明景帝廢陵

張段走靈帝，程魚奔代宗。喪亂有其漸，式微丁數窮。總無全盛時，一旦嬰愍凶。異哉王閹奴，挾帝出居庸。土木試一擲，舉國紛相從。親征竟蒙塵，身殉觀軍容。爾時微郕王，誰爲奠寰中。八載修戰守，廟社安鐘鏞。虜心絶要求，塞外歸重瞳。嗟嗟奪門徒，甘心爲首戎。復辟亦天意，群小冒奇功。忠良既誅鋤，謚戾良非公。窀穸荒山麓，大禮靳樹封。悠悠二百年，壞道餘喬松。皇仁念前朝，慨焉愴宸衷。置守禁樵采，魄毅安幽宫。傍陵三十户，户户野花紅。隧道寒潭静，繚垣芳草空。獨恨魏璫墳，東西峙巃嵸。議論正大，足破奪門之姦。末有憾於魏璫之墳地相近也。後祁門張御史疏請削平，天下共快之。

俠客

年少悲歌客，秋原落日情。快逢燕大俠，羞學魯諸生。問世都難合，論交每不平。懷中三尺鐵，風雨夕常鳴。

樓桑村懷古

衰草寒煙望裏孤，樓桑遺跡未全蕪。帝鄉恥屬黄初歷，王氣猶延赤伏符。國士風流曾據蜀，宗臣魚水失吞吳。啼鵑舊恨蠶叢遠，此地惟聞叫野烏。

美人曲

花氣惹陽春，晴窗晃鏡塵。畫眉啼徹曙，愁殺畫眉人。崔國輔小詩。

孫一致

字惟一，江南鹽城人。順治戊戌賜進士第二人，官至侍讀學士，著有《世畊堂詩集》。

贈唐陶菴先生

蚤投簪紱遂幽襟，偃臥蓬蒿足醉吟。衣履尚存耆舊色，鬚眉真見老成心。天涯故國憂方切，自注：時吴寇未寧。夢裏華胥感自深。聞道欲歸仍遠適，雲山何路許追尋。

錢中諧

字宫聲，江南吴縣人。順治戊戌進士，康熙己未召試博學鴻詞，官翰林院編修。

讀武帝内傳

漢武求仙日，危樓四望開。漫傳青鳥至，空候白雲來。玉露虚芝館，金風冷桂臺。茂陵終寂寞，誰與望蓬萊。

白雁

白雁初臨楚澤來，孤飛正值葦花開。影迷積雪望難極，聲入曉霜清更哀。閑共雲煙相掩映，偶逢鷗鷺不驚猜。却疑玉塞辛勤久，歷盡風霜毛羽摧。四語不刻畫而自佳。

許虯

字竹隱，江南長洲人。順治戊戌進士，官紹興知府，著有《萬山樓集》。

折楊柳歌

柳條三尺長，明日清明節。江南小兒女，採作流蘇結。

千樹宮墻柳，萬朵道旁花。折柳在儂手，花飛到誰家。

居遼四十年，生兒十歲許。偶聽故鄉音，問爺此何語。竟是齊梁間北國歌辭。

天池山訪元歎門牓落木菴，爲寒河譚子筆

落木菴中卧老禪，寒河風雅筆如椽。垂來白髮躭高隱，散盡黄金憶少年。十畝秋茶新雨後，半山霜蕨夕陽邊。開元天寶詩亡後，欲問人間寡和篇。人以元歎爲詩人、爲老禪，其初實俠士也。四語爲之傳神。

河西關

去國何曾隔絳霄，幽燕襟帶古迢遥。尾箕斜綰星千里，恒衛中分水二條。鐵笛漫驚龍塞月，玉釵春怨鳳城簫。還將清嘯憑酬對，南北音書任寂寥。

黔中歲暮漫興

紫電飛馳盡錦袍，悲風獵獵下城壕。夜聞北里歌聲合，曉望南雲殺氣高。豈有功名如絳灌，獨尊刀筆到蕭曹。長安只在青天上，莫憶春明露井桃。

登黄鶴樓

黄鶴仙人不少留，洲名鸚䳇更堪愁。三湘登眺還吾輩，千古江山獨此樓。漢口夕陽銜遠岫，武昌寒郭浸春流。燒痕滿地閒生感，回首烽煙野戍秋。如此襟抱、如此手筆，何不可作黄鶴樓詩？

携壺憑檻塞雲横，懷古荆門鎮重兵。春柳久荒陶侃壘，寒潮直上吕蒙營。滄桑盡付邯鄲枕，煙月全銷玉笛聲。唯有芳洲春草色，年年還傍大江生。

將發荆州，招李𠢎庵、秦對巖話别，次𠢎庵韻

荆蠻忽聚四方豪，睥睨城西幕府高。蹴踘撑蒱方合陣，竹頭木屑有分曹。清商莫奏湘君曲，濁酒堪酬屈子騷。南北往還誠萬里，百年物役一何勞。

和答錢宫聲見懷

吴閶惜别雁書稀，春樹春江雨色微。遊子誰憐親漸老，無家止有國堪依。青萍嘯夜中原在，

白日流空兩髩非。還憶長安同躍馬，極邊憔悴攬征衣。

王又旦

字幼華，陜西郃陽人。順治戊戌進士，官給事中，有《黄湄集》。○王漁洋謂幼華詩每變而益上，足以傳世行遠。又謂《遊太華羅浮詩》尤爲警策。惜未得全集，於選本中采取，故所收止此。

蒼龍嶺

削壁突斷絶，微逕始躋攀。長虹馳遠影，飛落青冥間。迅飈兩崖起，獵獵雲氣還。連峰若動摇，我行亦孔艱。天色撲蓮花，瑶草何媥爛。陟危千萬慮，曠望忽開顔。璇宫應不遠，從此排天關。連山雲合而風鼓動之，真有動摇之勢。予遊黄山、觀雲海，親見之，作者先已寫出。

自千尺嶂緣猢猻愁行

清晨杖輕策，入谷二十里。傾崖驟合沓，梯棧空中倚。無翼如何度，艱難方此始。萬狀石磈硊，紛垂繘纚纚。攀繘踏危石，足頓不能起。巖屋照頹陽，曾岑倒松梓。養力憩煙靄，乃知崎嶇美。東南得高壁，路隘不任趾。亂峽無全天，坤軸忽崩圮。猿狖怯方啼，吾生悵何恃。太息展遠眺，前途尚嵔𡸣。『亂峽無全天』十字如出杜陵手。

夜坐仰天池

窮日凌峎崿，我行亦云疲。散髮卧絶頂，踈星下清池。峻絶五千仞，晻翳何可窺。白雲上下飛，深松羅四垂。欣無職事緤，得與山靈期。延佇不知反，風林露華滋。高視但青蒼，一氣回坤維。鸞鶴如可馭，終焉謝磷淄。

古鼎篇

自注：鼎中一馬一鼠，引《吕氏春秋》爲證據，知周鼎也。

夜坐金景流房櫳，一南一北雲逢逢。誰爲此者驚愚蒙？戴氏之鼎來河東。子水母土木火功，古色不辨貫與崇，翡翠青間玫齊紅。饕餮怒張雜夔龍，蜿蜒之勢何其工！中有一馬方雙瞳，其下隱約憑社蟲。或云乾與艮相從，不然子午識夏冬。紛紜衆説胡能同？魯真齊贋空懵懵。何人博雅爲譚宗？考圖論世自鎬豐。憶昔神廟稱時雍，斯器原出蓬萊宫。天球河圖與大鏞，蜼敦紀甗争春容。金耶張耶椒房雄，乞而有之作清供。大梁左右興兵戎，豪門散盡隨霜蓬，零落不復求亡弓。嗚呼，治亂何匆匆，使我感歎填心胸。大烹杳矣難繼蹤，此物合依蒲葦叢。主人有閣名丹楓，閣之前後花纖茸。兩耳三距位當中，玩視聊寄疏且慵。王生作歌紀始終，慙無長管摇白虹。焦山古鼎爲嚴分宜取去，嚴敗，仍歸焦山。此從亂離後失而復得，所感尤大也。前半刻畫，亦見造句之奇。

曉渡望鄂州

曉霧壓城頭，蒼茫古鄂州。風煙盤赤壁，波浪下黄牛。星動連江鎖，旌高隔岸樓。由來征戰地，不忍問東流。三、四神勇。

贈梁峒樵水部

幾載常含晝省香，知君例作水曹郎。久辭請謁草侵户，近著河渠書滿牀。舊業六盤秦北地，臣軀九尺漢東方。那堪塞上烽煙暗，升斗朝朝問太倉。

送家叔季鴻先生游脽上謁后土祠

緑楊連岸曉風斜，東渡汾陰泛客查。天際兩崖馳竹箭，春流三月湧桃花。黄雲寶鼎淪衰草，絳氣靈壇落暮鴉。舊事於今無可問，市樓酤酒是生涯。

故陳忠愍公挽詩 福

陰風獵獵陣雲低，雪滿靈州動鼓鼙。絶塞名應傳屬國，前軍星已落安西。五原未復精靈在，百口無歸道路迷。蕭颯惟聞哀痛詔，城門月出夜烏啼。

太史祠隔河望孤山

絶巘連雲出，秋風隔水多。韓原中缺處，山翠壓黄河。

祁文友

字蘭尚，廣東東莞人。順治戊戌進士，官工部主事。

過王園看花

千株紅紫鬭芳妍，春到頻添酒債錢。任是打門官吏急，公家不税種花田。

嚴允肇

字修人，浙江歸安人。順治戊戌進士，官壽光知縣，著有《石樵詩稿》。○石樵以同官累，去官後，與同官遇益厚，禮之，人服其長者。詩古今體兼善，龔芝麓尚書謂其「春容大雅，近代作者亦不多見」，蓋不妄許云。

古風

世路真險巇，泰山起方寸。要盟矢天日，咄嗟不相信。耳餘刎頸交，旣機起奪印。武安傾魏其，杯酒遂成釁。睚眦按劍怒，磨牙雪餘恨。兩虎不相下，報施理亦近。爲國忘私讎，千秋思廉藺。交道之險巇爲己私也，能如廉藺之爲國，則公而忘私矣。主意全在一結。

穆陵關

驅車長城側，税駕大峴南。崇墉當峭壁，雉堞開晴嵐。曉日發扶桑，亭午日蔚藍。蕭梢谷風起，岧嵂林光含。戰國恃形勝，縱横尚并兼。此地爲扼塞，設險如崤函。寄奴一進軍，廣固空戒嚴。生逢承平日，往來駐征驂。父老顧我悲，横流涕漸漸。海岱古沃壤，力耕人所諳。無端被災害，千里驅丁男。大東空杼軸，瀕海無魚鹽。豈惟重民困，天意殊未厭。公私日殫耗，俗敝誰能堪。翹首懷古風，願見蓋與參。見生事擾民，不如黄老無爲，猶可治齊也。作法與前一篇同。

送宋荔裳按察四川

驄馬出薊門，駕言赴岷峨。前驅負弩矢，乘傳相經過。劍門天下險，錦江翻白波。近代厄銅馬，西川血成河。至今勞生聚，人少貙虎多。大夫秉邦憲，兢兢志靡他。外臺持風紀，霜雪變陽和。文翁寬匪弛，武侯嚴不苛。蜀道易平地，巴渝起新歌。琴臺與卜肆，古蹟猶未磨。追從訪楊馬，道遠將如何？極亂後宜以寬嚴相濟處之，文翁、武侯，其前事也，贈言之體如是。

哀淮人

驅車適海岱，日暮行人愁。餓夫相枕藉，老弱羅道周。揮涕前致詞，淮楚是吾州。渠穿廣陵道，水納黄河流。舳艫來吴會，東北通咽喉。一朝河岸決，漫衍東南陬。百萬爲魚鼈，何論田與疇。竄身來此方，苟活同蜉蝣。此方又荒旱，赤地誰鋤耰。官吏責富户，浚削如仇讎。財賦一以空，猗頓皆黔婁。兩地總困阨，一死夫何尤。聽此腸寸結，淚下不可收。寄語當路子，閉糴非良謀。自注：時鄰邦有閉糴之令。嗷嗷累千萬，生理真可憂。昔聞富鄭公，勸民貯乾餱。所在發廩給，去住俱自由。公私雖兩困，危急庶有瘳。萬邦苦飢溺，安飽亦足羞。何時災沴息，躬耕樂行休。近來一遇天災當路，救災無術，惟浚富户。不知周官先重保富，蓋富户乃貧民生活之源也。但爲富户者亦須量力施仁，不可擁財自豐耳。若『猗頓皆黔婁』，則同盡矣。末勸官長師富鄭公之救民，不知趙清獻之越州救災，尤爲盡善，詳見《曾南豐記》中。

洗象行

長安六月車塵飈，都人傾城觀洗象。黄門鼓吹前導行，玉河響鬧流奔放。怒蹄蹴踏蒼山頹，岧嶤臃腫難爲狀。蠻童赤身跨象背，游戲波濤覺神王。須臾牽挽出水濱，長鼻一噴飛雪浪。吾聞此乃瑶光精，西域南荒配利兵。雄姿幾耐身毒戰，猛力可代蒼梧耕。遠人來朝貢天闕，含元仗下隨簪笏。豆芻飽食三品料，劒珮班陳百官列。黄鬚健兒不敢騎，拱立閶闔生威儀。莫言材大難爲用，馴擾聽受諳職司。開元天子奏衆伎，金羈錦纏舞玉墀。他日重逢禄山宴，努目不拜竟死之。近聞螘賊陷京室，象房躑躅鳴聲悲。渠雖雄長亦獸類，君臣大義猶能知。嗚呼，君臣大義偏能知！前半形容洗象人皆能之，後以獸類亦知君臣大義，見臣道之不可頃刻不明也。讀末二語，爲之凛然。

述哀

母之生我日在角，絡緯鳴機夜深作。歌成黄鵠不忍聞，大孤啼飢小孤弱。亂離伏莽乞餘命，十口流離竄藜薄。朝呻夜吟不蹔休，骨肉幸免填溝壑。長養衆雛畢婚嫁，慈幃未省含飴樂。當時奉檄心獨喜，今我窮悴至於此。俯仰無因供菽水，衾影之間媿人子。去官無禄，不能供母氏菽水，猶爲抱慙，况有禄而無母可供者乎？此種詩不忍作，亦不忍讀。

觀繩妓作

長繩罥竿高百尺，楊花雪落城南陌。美人冉冉化行雲，細縠輕紈望空擲。冶袖雙開舒錦臂，婆娑往來若平地。盤中小試飛燕舞，樓上驚看緑珠墮。迴眸顧盼無限情，空裏忽聞環珮聲。天風吹入碧雲去，始覺仙骨珊珊輕。輕軀上下無斷續，舞罷腰肢新結束。燕釵隨地悄無聲，背立當窗髩雲緑。抱得秦箏寫春怨，歌唇宛轉吴趨曲。吴歌楚舞絶可憐，誰家笑擲珊瑚鞭。唐人此題，以『身輕一線中』五字盡之，妙於用簡，此又妙於用繁。

白下

白下援師聚，鍾山薄伐新。三軍隨庾亮，一戰走盧循。虎旅屯江岸，鯨波靖海垠。論功諸將在，哀此亂離人。此海寇鄭成功已破京口，窺伺金陵，而提督梁一戰走之，後漸剪滅也。時有借從賊之名僇及無辜者，故有落句。

諸將雜感

建國行師自古今，千秋理亂事相尋。雲龍勢合攙搶掃，汗馬功成帶礪深。不信蒯通能相背，可無孫武善攻心。山頭廷尉空凝望，星拂招摇白日陰。

仙霞烽火照龍山，玉甑金庭棄草間。慷慨孤臣提漢節，指揮諸將出雄關。蒙茸壘嶂潛師度，鼓角嚴城振旅還。勞苦西平功第一，江東坐鎮羽書閑。三語范忠貞之不屈，四語李文襄之命將。

天彭井絡望中遥，劒閣重關似建標。白帝城空王氣盡，金牛峽險霸圖銷。漢廷却悔封雍齒，巴郡終須殄隗囂。邛僰西南重置吏，不煩檄使下星軺。

欵塞諸戎擁節旄，大開屯種刈蓬蒿。戴牛佩犢經營苦，畫井分疆部署勞。豈爲流移增國税，即看荒穢長田毛。戈船下瀨今無事，壯士休論戰伐高。大概爲逆藩時事言。次章指耿逆，三章指吴逆，末章言宜屯田守禦，永固疆圉也。風格從杜詩中出。

顧岱

字泰瞻，江南無錫人。嘉定籍，順治戊戌進士，官贛州府丞。

奉委進江背洞，駐軍赤坎，招安賊三萬有奇

匹馬臨江背，前旌近賊營。由來皆赤子，何忍作長平。地險歸畊少，民頑入法輕。撫綏誠不易，先軌是陽明。秉心如此，體天地好生之心者也。彼白起阬長平卒至七十萬人，項羽阬新安卒至二十餘萬人，李廣殺羌亦八百餘人，三人不全首領，天道然也。陽明破賊勦而兼撫，故引以爲先軌云。

國朝詩别裁集卷六

長洲沈德潛歸愚纂評　男　種松校字
江陰翁　照霽堂　長洲周　準欽萊同輯

徐元文

字公肅，江南崑山人。順治己亥賜進士第一人，官至大學士。

登屶崱峰

高峰直上勢崔嵬，閩越雄州一柱開。路轉千盤隨石筧，崖臨百丈聳丹臺。鳥飛天外山如鏡，人到雲中海似杯。便欲凌虚生羽翼，翛然緤馬閬風來。

春日閲武召百官詣南苑

逶迤上苑帝城東，御輦巡臨振武功。甲鎖鍊金寒白石，旗翻翠羽動春風。龍驤萬騎軍麾轉，鵠立千官拜舞同。莫以清時忘戰伐，至尊親爲挽雕弓。本朝王業基於武功，一結得安不忘危之旨。

葉方藹

字子吉，江南崑山人。順治己亥賜進士第三人，官至禮部侍郎，加本部尚書，謚文敏。◯文敏予告家居，有密陳其居鄉不法者，上命撫臣察之。撫以鄉評之實奏，上曰：『朕知其不如是也。』以文敏之盛德爲主上所深契，而讒猶不免，吁，可畏哉！盧雅雨云。

關隴平

關嶺茫茫，隴流湯湯。紆徐逶迤，崢嶸嶮巇。面蜀肘涼，輔車相將。狡焉啓疆，震驚我一方。一章。關嶺兀兀，隴流潏潏。彼涇啓戎，乃蠢茲蟊賊。爲虺爲蜴，爲螟爲螣。印首張臆，助逆抗有德。如蝟之集，如狶之突。二章。涇原既清，群賊大震。睢睢盱盱，延旦夕之命。帝命臣海，爲隴民徙災。帝命臣勇，師出自西陲。三章。帝詔臣海，汝速涉坂。出彼朝那，爲勇軍援。掎之角之，沓之蹙之。除民之慝，俾婦子恬適，尚嘉乃績。四章。海涉河涇，言騰灞滻。秦山矗突，嶔崎隴坂。踰邠越涼，飛旆揚斾。扶輿猗靡，雲罕綷縩。雍部阻長，敢憚痡瘏。式遏寇虐，以寧爾室家。五章。勇自河西，銜枚疾指。來從酒泉，轉戰天水。蟜蟜虎臣，一乃心力。摧堅挫鋒，盪彼蟊賊。兵車百萬，洶洶雷震。橫會方州，爲行爲陳。六章。東西合圍，賊在釜底。叶平。其智斯竭，其魄斯奪。勇率其麾，崖誅谷討。曰臣思克，曰臣進寶。赳赳奮武，爲王干城。勇實帥之，桓桓於征。七章。於征何所，於犂於臨。道阻且長，蔽虧岑崟。冞入其阻，禽獮草薙。申用三驅，根株斷刈。餘賊竄蜀，游魂猶悖。西夏以綏，賀蘭其乂。八章。脅從蚩蚩，亦孔之哀。寬其誅鋤，予以惠來。維海維勇，剛克柔克。勇也帥師，爲闢爲祓。海也敉民，爲揉爲活。北地上郡，稽顙歸命。如旱望霓，海實綏之。九章。義威戢武，奠我西陲。剖蜩蚚蝟，人畏以懷。秦民噓呵，化爲謳吟。殄熄暴悖，克廣德心。經戰伐區，蠲除租賦。問孤弔死，起迺沉痼。廓我皇恩，義聲先路。十章。帝德振振，隴山既平。隴流既清，維天子之禎。隴山既伏，次黔粵滇蜀。敢不讋伏？如翰如飛，萬里來威。十一章。維臣之力，維師之武。縶縛巨憝，爭扚膾脯。塞神人之怒，黔首喁喁。式歌且舞，億萬斯年，篤我皇景祜。十二章。◯紀平王輔臣之亂也。輔臣本名馬鷂子，向爲流賊。李自成敗後來降，改今名，官陝西提督。三藩之變，輔臣叛，據平涼，秦隴震驚，特命大將軍圖海討之。時靖逆侯張勇、奮威將軍王進寶、提督孫思克會討，累戰皆捷。惟平涼一城，腹背受敵，因請降。檻送入京，死於道，關隴乃平。

海氛清

巨浸稽天，滔滔如何？天吳蜩像，倚以爲家。有鯨有鰐，有蛟有鼉。摧橦决帆，血人於牙。中國有聖人，爾獨揚其波。一章。蠢茲黿鼉，亦雜此處。曰予勝國後，誕敢繼其緒。藉瑕蹈釁，伺窺肘腋。結連蜂蠆，載逞凶慝。離間我臣僕，盜據我疆埸。二章。于興于泉，于汀于漳。乃揚沸湯，乃噪蜩螗。我有城郭，倏爲沮洳。我有民人，倏爲鱎鯙。忍死須臾，後來其蘇。三章。恭承帝命，建大將軍旗鼓。我冠帶之國，忍鱗介是伍。據我上游，張我罿罦。與子偕作，與子同仇。悉率左右，殲此群醜。四章。暨暨藩臣，一心一德。討賊自贖，不邛已恤。塹山堙谷，馬騰舟駛。親董其旅，以臨濛汜。陛下曲赦臣，臣敢不效死。五章。將士和睦，有鳧在藻。既獲賊師，如飢斯飽。或拔其角，或脱其距。或斧其吭，或截其膂。賊窮見窘，無地自處。六章。彼强者跳，我攘我逐，彼黠者窮，我殄我戮。神惎之毒，鬼速其覆。如探鷇鳥，如振槁木。非我黷武，取彼殘已足。七章。前徒既奔，凶渠束手。計無復之，狼奔鼠走。茫茫煙島，爲逋逃藪。仁無必取，義不盡殺。屏諸窮髮，無污我王鉞。八章。四州士女，來迎王旅。君子維何，玄黃在篚。小人維何，饔飧在筥。復爲王人，以耕以仕。叶。歌帝之德，誦王之武。九章。帝德溥將，涵負吐納。百谷來王，天與地沓。何人不綏，何物不懷。何戾不蠲，何善不嘉。皇仁熙熙，云何不來。十章。皇帝在位，受天之籙。東西朔南，無思不服。其有不服，自嬰顯戮。獻馘于泮，獻俘于廟。武功既昭，文德用紹。史臣奏雅，來哲是詔。十一章。◯紀平海寇鄭氏之亂也。鄭成龍子成功結連殘寇，爲東南患。王師討之，黨逆者歸順。成功死，子荒於酒色。勢窮，遠遁，後歸誠，海氛乃清。◯澤州平滇三篇似柳《雅》，此二篇似韓《碑》，各有得力。

弔鐵崖墓

先生不可見，遺塚自斜暉。無復攜紅袖，還聞葬白衣。才銷明主忌，老幸故人依。鐵笛吹雲起，猶疑踏月歸。明太祖召鐵崖至，旋放歸。有『白衣宣至白衣還』句，用來恰好。

撰西樵考功誌文畢寄阮亭户部

恍忽相隨把袂時，幽明難間兩心期。敢云下筆不加點，差喜臨文無愧辭。比似東曷應恨薄，即同挂劍已嫌遲。自注：予諾阮亭請，逾歲始報。友生投契猶如此，況爾連根荊樹枝。三語用禰衡語意，四語用蔡邕語意。

授職翰林學士感恩述懷

麻衣席帽滿塵埃，親荷先皇釁沐來。敢道齊賢留異日，屢稱蘇軾是奇才。自注：戊戌充貢士入都，先皇帝召見，親試，列名第八。己亥春再試，拔第一。八月舉南宫，九月臚傳日，親諭：『朕知汝久，特拔汝爲一甲進士。』又數對臣下稱道文學。身離牛口驚還在，夢挽龍髯恨不迴。今遇吾君重拂拭，孤桐果否爨餘材。　如此屬對，脱口而出，無引用典實之痕。

彭孫適

字駿孫，浙江海鹽人。順治己亥進士。康熙己未，召試博學鴻辭第一，官至吏部侍郎。◯美門詞和氣平，在唐人中最近大曆十子，在十子中最近文房。

雨中過白芒村寄高山人儼

春雲生驟寒，溪上無人迹。石筍清相羅，煙翠紛可摘。欲持三尺絹，寫此春山碧。却憶山中人，遠在龍池宅。惆悵不同遊，白芒風雨夕。

魚梁灘下泊

暝色起何處，忽然雲水昏。春燒如新月，遠挂山一痕。寒禽呼木杪，暗蟲沸草根。遥見冥際火，知有林外村。孤舟欲棲泊，石溜濃雲奔。羈旅一無托，菀結難自論。矯首眺天末，躑躅勞心魂。寫晚景入神。

彭蠡夜泛

清淺宫亭水，濺濺百道流。殘春風送客，終夜月隨舟。野火沈葭葦，遥天挂斗牛。相依有鷗鷺，任意宿汀洲。四語在人人意中，而脱口新鮮，渾然無迹。

登湖口縣城

一望煙波萬頃明，女垣高與石根平。湖光盡日依樓堞，山色終朝滿縣城。寒嶺無人孤鳥下，秋林欲雨數蟬鳴。何當便作移家計，終卧滄洲寄此生。頷聯語身親其境者，知其寫照之工。

秋日登滕王閣

客路逢秋思易傷，江天煙景正蒼涼。依然極浦生秋水，終古寒潮送夕陽。高士幾回亭草緑，梅仙一去嶺雲荒。臨風不見南來雁，書札何由達豫章。

金陵懷古

杜宇啼殘百感生，西風建業舊神京。詩成狎客遺簪會，酒泛諸郎按曲聲。江外羽書空絡繹，禁中刀勅正縱橫。大官別有長生藥，不假天臺刺史行。二章皆言南渡時事。遺簪按曲，秘戲除官，而置兵防於不問。事勢至此，不亡何待？

萬里山陵萬古愁，南司北部總悠悠。屠沽自立宫中市，竈養争除關内侯。肯向人間求故劍，誰從闕下問全鳩？姑谿幕府空貔虎，一夕龍車不可留。童妃王之明事迄無定論，詩人歌咏者俱以爲真。

豫章城下送春有懷故園兄弟

城下煙波暮可哀，扁舟日夕更縈洄。一春又向他鄉盡，千里曾無尺素來。野鶩孤飛煙裏没，江帆相背雨中開。故園風景今何似？池草春花夢幾回。

黄與堅

字庭表，江南太倉人。順治己亥進士，康熙己未召試博學鴻辭，官詹事府贊善，有《忍庵詩集》。◯錢牧齋序忍庵詩，謂長安金陵雜感諸篇，頓挫鉤鎖，纏綿惻愴，在韓致堯、元裕之之間。

辰龍關

鬱盤鳥道中，忽覩巉巖削。雙聳若天門，神工斧斤鑿。攢刺劒戟横，摩厲成鋒鍔。青冥杳無垠，怪雨從空落。一徑折霄光，絶壁盡倒却。千仞蹙孤危，不敢棲猿玃。攀躋坂益欹，數武困行脚。嗤彼銅馬餘，持鎩倚木閣。狼竄嶮一隅，俄就官軍縛。於今走輕車，亭午氣頹索。白日景蔽齗，一步一獰惡。瞬息度層關，鬚髩恐非昨。

聞砧

萬井西風下，城高一葉飛。可憐今夜月，重搗去年衣。聽亂情交切，聲疏力漸稀。異鄉刀尺冷，多少客思歸。悲愴之作，遠客人幾不能讀。

金陵雜感

勅選良家降墨封，玉車輕幰進昭容。花開並蒂鴛鴦煖，酒醉同心琥珀濃。蕭寺鼓鼙驚翡翠，蔣山風雪葬芙蓉。飄零故劒秋江上，回首長干冷暮鐘。言勅選良家，而置故妃於僇辱也。叔寶無心肝，不至於此。

龍虎鍾山百戰雄，朔風吹浪下艨艟。彫戈壓陣黄沙斷，鐵鎖沈江赤燒空。鳷鵲觀消春雪裹，鳳凰臺冷暮雲中。由來帝業終荒草，銅狄何曾戀漢宫。言神兵北下，而長江無備，以至亡國也。

沂州客店遇同鄉友人

江郭蕭條尚苦兵，訝君北走得班荆。地懸淮海艱消息，人歷冰霜倍老成。同話寂寥皆逆旅，兩經離亂即餘生。故園風物那堪問？但説梅花已繫情。『人歷冰霜倍老成』，即杜老『艱危氣益增』意，少年柔脆人應知之。

鄭日奎 字次公，江西貴溪人，順治己亥進士。

河南道中

風沙蒼莽不知程，竟日荒郊客感生。廿載兵戎經百戰，幾家煙火聚孤城。斷垣雨印狐狸迹，中澤霜凄鴻雁聲。待擬繪圖嗟未可，軍書昨復報南征。

田雯

字綸霞，山東德州人。順治己亥進士，官至户部侍郎，著有《山薑詩選》。

○山薑詩才力既高，取材復富，欲兼唐宋而擅之，山左詩家中另開一徑，然緣此不無少雜。兹擇其極純粹者採之，山薑有知，恐亦以後生爲不妄也。

病愈早起成詩

雨過庭翠滋，一鳥發清籟。披衣趁朝曦，新晴滌埃壒。西軒青嶂疊，縱目收罨靄。曉廊取次行，心神頗融快。佳客時過從，絺袍迎户外。憑几理素琴，焚香誦梵貝。起二語寫病起入神。

晚投卧佛寺宿

峰銜新月黄，雲擁山容變。深谷一鐘響，蔽虧煙樹斷。樵人語前浦，古寺隔幽澗。翠滴衣衫重，松黑鼪鼯竄。疏燈出深竹，依微露紺殿。井欄摘茂葵，僧厨供茗饌。偶來訪支遁，吟棲有餘戀。夜半大壑鳴，風雨四山亂。

翠微寺

詰曲歷石齒，沿溪樹溟濛。招提門何向？陂陀無人蹤。峭崖立萬仞，惆悵林路窮。豈知披榛莽，紆迴流水通。一僧出汲水，竹戽行相從。長綆下深澗，割豁驚潭龍。淅淅石湫雨，泠泠葛花風。前循略彴去，木杪聞清鐘。

山脚晚行

水樹色相映，浄緑生衣裳。日薄無倒景，石髮有冷光。前入翠微寺，已過黄花場。貪行夕忘返，纖月吐東岡。古髯喬松下，壘壘如北邙。林昏叫寒鴟，風颼響枯桑。俛仰今昔人，千載心徬徨。作者五古每以才勝人，此四章録其清微幽遠有遺音者。

送馬謡

桑乾道，滹沱野，羽箭材官南送馬。太僕火印何權奇，瘴鄉不産龍媒姿。一行五百匹，日馳百里。農夫剉草，婦子汲水。健兒來何方？官帖十行。鞭箠在手，戟髯怒張。芻豆供給苦不足，獵犬韝鷹飽餘肉。送馬者去吏索錢，農夫鬻牛婦子哭。寫盡農家供官之苦，作新樂府讀。近世采風無人，蔑由達之當寧矣。

繅車辭

朝飼蠶，暮飼蠶，桑樹葉大蠶眠三。初長如蟻今成繭，乙乙上簇黄白滿，繅車咿軋風中轉。女十五，當户織。桃夭期，聞消息。簾幙半垂雙燕飛，打疊新縑作嫁衣。

登采石磯太白樓觀蕭尺木畫壁歌

太白樓上秋風寒，采石磯下波連山。長康不作僧繇死，何人攫弄秋毫端。力挽萬牛嘯兩虎，袒衣跋扈青冥間。四壁四山拔地起，直從十指生煙巒。峨眉匡廬兩對峙，西華東岱同躋攀。巨靈夸娥日月走，坤位乾竇神鬼盤。屋角雷雨勢飛動，牆根澗壑聲潺湲。牛渚白沙如蟻垤，天光破碎滄溟寬。藍陳蕭惲稱大手，前追董巨凌荆關。尺木老人更奇絶，身駕大海騎虬鸞。秋來放眼忘遠涉，憑陵萬里開心顔。寺徑濛濛松杉雨，蘆花漠漠黿鼉灘。顧盼無人相娱賞，高呼太白騎鯨還。可匹漁洋作，一結迴顧倍覺有力。

碧嶢書院歌弔楊升庵先生

堺風茵露哀牢疆，山川瘴癘難禁當。新都公子老戍客，孤臣萬里堪悲傷。當時世廟議大禮，撼門痛哭千夫強。仗節抗疏言矯矯，干觸蠆尾投蠻荒。程朱正論臣所執，今昔濮議誰斟量？大禮未定大獄起，批鱗折檻空激昂。逢君首事有璁萼，議論附會來豐坊。明堂秋饗復聚訟，分宜餘毒争拍張。嗚呼先生遂不返，箐酋峒獠群相將。木弩含沙火雲熱，天教老噉紅檳榔。吴粉傅面兩丫髻，簪花擁伎何徜徉。都盧倒吹潑醉墨，僰兒觀者如堵牆。羈魂漂流夜郎地，何異屈子沈沅湘。海莊故墟碧雞麓，猩猩白晝啼書倉。巾杖逍遥鬢眉古，圖畫遺像生光芒。竹檜一徑夾流水，菊乾楓落寒雲黄。潮州儋耳同一轍，祠廟贔屭摩青蒼。小子夙昔慕高節，况值奉命來黔陽。竊願升階更剪紙，招魂歸送蠶鳧鄉。高吟死去誰憐句，令我涕泗徒滂滂。張桂議禮，始猶近情，後則漸流險惡矣。篇中寫諸姦之附和，升庵之轗軻，跌宕淋灕，神道氣王，應推稿中壓卷之作。

泊舟吴門寄汪茗文

渺渺大湖水，遥遥光福山。梅花一萬樹，窈窕非人間。思與蕘峰叟，扁舟數往還。煙巒七十二，坐嘯聽潺湲。律體可作古風讀。

董　俞

字蒼水，江南華亭人。順治庚子舉人，有《浮湘》《度嶺》諸稿。○康熙初，江南奏銷案起，紳士同日除名者萬餘人，蒼水與其列。於是棄舉子業，專心風雅正變，天欲使之爲詩人也。

落花篇

東風緑偏芳洲草，春晝落花啼鴂早。片片朝縈上苑煙，毿毿夕覆長安道。長安美人惜落花，落花飛去墮誰家？曉看青鏡愁紅粉，暮掩珠樓泣絳紗。珠樓紅粉須臾變，帝里繁華君不見。一夜飄颻長信階，數枝零落昭陽殿。長信昭陽月影低，邊笳横笛紫煙迷。渭城倡婦承歌扇，枌社遊人拂馬蹄。願爲舞蝶栖芳墅，願作流鶯隱翠隄。金隄玉墅幾千里，黯黯餘香沉緑水。玳瑁筵前雪亂飛，珍珠簾外風先起。舞雪迴風可奈何，春閨少女歎蹉跎。此時攀條垂玉筋，此時掩袂蹙雙蛾。別有征夫淚霑臆，雁沙龍塞無消息。金谷園中不見人，玉門關外長相憶。落花落花誠可憐，尊前一曲箜篌絃。花茵醉卧不歸去，明日重來應泫然。唐初體全於纏連旋轉處取神，卷中偶一存之。

贈西陵吴興公自注：時僦居淮陰。

江城臘月雪花白，層冰峨峨照大澤。北風夜捲鴻雁號，念子猶爲倦遊客。君家正對天目山，江濤日夜鳴潺湲。翻然仗劍遊淮泗，中都舊是興王地。百戰關河骨已枯，英雄割據何代無？昔人事業隨流水，高歌擊築浮雲徂。吴子生平重然諾，百年意氣真堪託。肘後常懸數石弓，腰間屢吼千金鍔。酒酣耳熱興飛揚，新詩往往凌寥廓。目下坎壈何足悲？人生富貴安可知。烏啼啞啞鼓聲曙，明朝疋馬下邳去。

和王南州聽楊太常彈琴詩

雅樂淪江海，先皇舊賜琴。曲終嘗變徵，愁絶不關音。風雨孤臣淚，乾坤逐客心。可憐家萬里，西望白雲深。太常，名沂明，思陵時以琴供御者。

澤畔

澤畔行吟者，幽思托杳冥。孤帆收夕照，漁火亂春星。細雨寒潮白，疏煙晚岫青。殷勤懷遠客，裘馬日飄零。

宋實穎

字既庭，江南長洲人。順治庚子舉人，後召試鴻博，放歸，官揚州學博。

○既庭先生早得盛名，入都時，四方人士無不欲望見顔色。既爲愼交社宗主，提唱後學，士林重之。嘗作《黜朱梁紀年圖》，學者服其議論之正。

八月十八日觀潮

頭白燈明急管催，高樓晴檻倚江開。潮聲夜静千帆轉，斷岸風迴萬馬來。吴越山川供醉眼，古今天地獨登臺。九秋蕭瑟誰堪賦？滾滾詞人庾信哀。七子聲詞音節自高。

曹貞吉

字升六，山東安丘人。順治庚子舉人，官禮部員外郎，著有《珂雪集》。◯商丘宋公極推作者《游黄山詩》謂：『此山名作寥寥，向推虞山，今被實庵壓倒矣！』惜未能多見，祇存《文殊院》一篇。

文殊院觀鋪海歌

蓬萊閣外海作山，文殊院外山爲海。神物由來不易逢，天爲吾徒澆塊磊。白雲一片湧空濛，眼底千峰皆沓靄。只疑天一生水開窮荒，江漢朝宗此間匯。鼇身一抹映天黑，鯨波萬里連渤澥。天都直可作員嶠，蓮蕊蓮花餘蓓蕾。須臾長風吹散碧琉璃，潋滟茫洋竟何在。仙人游戲太神奇，我欲直上高空問真宰。得此起結乃見作手。

花朝得家弟過江消息

使者乘秋泛畫橈，重來不覺斗回杓。花明故國初啼鳥，人渡空江欲暮潮。萬里山川供筆札，一天風雨過金焦。孤帆摇曳垂楊裏，知在蕪城第幾橋。

登望海樓

杯勺滄溟望裏收，百年觴詠幾登樓。尊前忽覺來三島，此外猶聞更九州。斷岸雨晴天倒影，海門風急氣成秋。摇摇坤軸渾難定，曾否金鼇背尚浮。

崔華

字不雕，江南太倉人。順治庚子舉人。◯《漁洋詩話》摘其名句云『溪水緑於前渡日，桃花紅似去年時』，又有『丹楓江冷人初去，黄葉聲多酒不辭』，入目爲崔黄葉。

擬宋如意和歌

羽聲既凛冽，陰飈吹大荒。驅車過金臺，目已無咸陽。余亦從此逝，無人燕市傍。目中無人。

滸墅舟中别相送諸子

溶溶月色漾河湄，曉起頻將玉笛吹。同上郵亭忘别緒，獨行驛岸解相思。白蘋江冷人初去，黄葉聲多酒不辭。此路三千今日始，薊門回首雪霜時。原本「丹楓江冷人初去」，「丹楓」「黄葉」不無合掌，擬易「白蘋」，崔黄葉以爲可否？

趙　澐

字山子，江南吴江人。順治庚子舉人，著有《雅言堂詩》。

喜弘人聞夏南還并憶漢槎

綺里由來有二難，無端相對作南冠。輪臺詔下龍髯迥，華表歸來鶴語寒。月夜一尊歌棣萼，春風雙騎渡桑乾。何年恩到窮荒外，還向藜牀問幼安。

馬世俊

字章民，江南溧陽人。順治辛丑賜進士第一人，官翰林院侍讀。○狀元對策隨題敷衍者多，先生獨侃侃直陳，不負所學。制義皆有根抵，何義門學士云：『我朝狀元前劉後韓，公居其間，鼎足爲三。』非妄許也。詩品亦清正不凡。

吴季子掛劒處

公子歸吴去，故人知此心。死生同白日，然諾豈黄金。一劒竟何往，高臺自古今。君看碑上字，苔蘚不能侵。不須名句，風骨自高。

古意

紫塞三千里，征夫去不還。簾前新月上，似爲寄刀鐶。

陸賈

莫問尉佗裝，千金豈在眼。請看馬上公，何曾事生産。

張玉書

字素存，江南丹徒人。順治辛丑進士，官至大學士，謚文貞。◯文貞古今文俱以風度勝，詩品亦然，令讀者如飲醇醪，自然心醉。

謁項王廟 宿遷縣。

項王祠枕長河水，拔山氣沸驚濤起。陰森白晝啼鼯鼯，蕭瑟西風黯菰米。座傍烏騅伏不鳴，餘怒猶欲乘雲騰。想像悲歌出垓下，可憐遺恨迷陰陵。英雄坎壈識天意，失路東歸亦何濟。萬户輕身贈故人，一死何顔見義帝。往事東流逝不回，雌雄壁壘空塵埃。君不見，下相城頭望豐沛，樵歌暮上歌風臺。項王事業不成在弒義帝，於自刎時提醒之，筆下有風霜之氣。

息浪庵夜坐別叔敦讓木諸子

短棹攜樽觸浪過，將離莫問夜如何。最憐帆遠浮天闊，始信江空得月多。隱隱鐘聲千佛唱，星星岸火一漁蓑。荒雞促曙行人去，回首雙峰護薜蘿。

寄李厚庵學士

幾年烽火斷江春，萬里無諸戰壘新。一自蠟丸通帝座，始知嶺嶠有孤臣。山城躍馬荊榛滿，書劍臨戎涕淚頻。迢遞九天優詔下，清宵回首憶楓宸。表其進蠟丸陳破耿逆之功，然蠟丸更得之友人也。時文貞未以理學名，故不之及。

大閱恭紀

鑾輿曉出傳宮漏，萬乘春蒐控玉鞭。十二羽林雕輦後，三千犀甲幔城前。招摇色映長堤直，華蓋香凝禁樹妍。脱臂饑鷹霜距疾，嘶風縠騎雪花拳。龍鱗乍晃雲霄上，虎旅同趨日月邊。褎鄂宗臣張左纛，薛岐帝胄領中權。銜枚受律連營肅，射柳分弓七札穿。鸞箑聲中看隊列，鐃歌曲裏促觴傳。丁寧諸將投戈日，長憶先皇講武年。駟介踏雲還紫禁，六飛扶日下青天。威馳塞北名王壘，風靖滇南漲海煙。指顧銷兵資廟略，兩階舞罷譜虞絃。中間警句，摸之有稜，應制中之指南也。七言長律本非正聲，存之以備一格。

送丘曙戒前輩之武昌

猿聲夾岸聽斜陽，江樹蒼茫接故鄉。却較長沙歸路近，行吟何事怨瀟湘。即『聖主恩深漢文帝』意，是爲溫柔敦厚之遺。

輓馬章民年丈

東廬舊築翠微間，望裏煙霞日夕還。幾度欲歸歸未得，空餘遺恨滿青山。

辛苦中闈罷錦機，白頭曾未識宮衣。可憐風雨寒燈夢，猶是書堂夜讀歸。

過金陵某將軍營

六纛雙旌隱畫扉，月明霜白路人稀。燕歸不識將軍壘，猶認烏衣舊宅飛。飛入將軍壘，更憐於百姓家矣，如此措語最耐尋思。

葉映榴

字炳霞，江南上海人。順治辛丑進士，官湖廣參議道。死夏包子難，贈工部侍郎，謚忠節。

庚申夏至日起武威至張掖

武帝功成吏守邊，傷心天末是居延。人家板屋風聲裏，思婦寒衣淚眼前。目斷燕支愁見月，槎浮銀漢渡經年。慚余不作征西將，藥裏書囊信一鞭。

榆次道中

路出榆關西復西，荒原白草怪禽啼。經行百里無人迹，惟有秋風送馬蹄。

孫蕙

字樹百，山東淄川人。順治辛丑進士，官給諫。著有《笠陽詩草》。◯給諫爲令安宜時，撫字心勞，領河務。上官謂苛令濬河，將中以非法。士民感憤，不呼而至者萬餘人，負畚鍤，築堤堰，兩月之工，六晝夜成之，上官無以難也。士民繪圖紀其事，志石中云爾。據此，可入《循吏傳》中。

水口驛

危峽束急湍，怪狀擁灘路。劃然敞一門，石齒一一吐。春聲響奔崖，人語出深樹。竹屋高連雲，户户層巔露。午峰接檐前，炊煙雜山霧。居者如穴鼠，出若翻孤鶩。作息烽火餘，星散屯野成。郵傳今復增，力役連朝暮。雖稱闤闠民，無地謀生聚。岸側見樵蘇，十九無完袴。潛語問土居，苦役兼苦賦。海上未厭兵，天遠誰可訴。民苦賦役，同於鼠鶩。欲排雲叫閶闔，而天遠難聞，惟存此心而已。

安宜行

安宜罹災亦云酷，魚龍竟奪農夫屋。千尋巨浪漫荒塍，落日西風聞野哭。水田一綫纔可耕，勘荒使者責長牧。征糧下令嚴催科，不管貧家賣黃犢。前年賣女嘆伶仃，今年賣兒更孤獨。阿妻阿母還傭人，豈但醫瘡與剜肉。牽牛出門牛不行，空腹哀鳴何觳觫。低頭語牛牛且前，官税差完免鞭扑。我聞此語增歎吁，仰視皇天白日速。嗚呼，貧家母妻子女無還期，誰能戀此卑官禄。兒女既賣，母妻傭人，牽牛不行，而空腹哀鳴，官長忍加鞭扑耶？無可奈何，付之自責而已。

○『仰視皇天』句全用杜詩，終不可訓。

濬河行

黄河萬里浪高舉，賈讓之謀世空許。璧馬於今不效靈，風濤簸蕩連樓櫓。憶昔漢武通車書，朝臣建議開河渠。開元以後置倉舍，平分河渭稱嬴餘。汴宋營漕分四路，半作邊儲半國賦。斗門高堰築埋城，歷險踰灘計生聚。元人海運創伯顏，引汝絶濟誠哉艱。明初海運旋亦廢，會通始築河淮閒。年來漕渠失故道，百萬金錢任侵冒。督河使者安庸人，不解河防氣桀奡。鞭撻小吏嚴程期，豈知畚鍤皆瘡痍？縣令陳情不得達，自矜白簡吾能持。柳下何曾畏三黜，百姓喧呼趨事疾。一夜荒城走萬人，兩月之工六日畢。安宜水澇原苦辛，力役誰復嗟勞人？猶幸三代直道存吾民。嗚呼，猶幸三代直道存吾民！此給諫爲河員時作也。兩月之工，畢於六日，尚成濬築耶？河防之壞，自昔已然。當日督河使者不知誰何？惜無由起而問之。

秦川懷古

内史新豐不可求，長陵王氣已全收。千盤鳥道歸隆準，百戰鴻溝割沐猴。風雨滿天來渭北，麒麟遺塚自南丘。幾經汗馬勞諸將，紫塞黄榆起暮愁。

爲姜勉中兄弟題諫草樓

杖血曾聞濺漢廷，孤忠旅望海雲青。難回國步逃吴市，易了家緣問敬亭。失序雁鴻天漠漠，經時薇蕨雨冥冥。空餘十二封章在，夢繞銅駝幾涕零。《諫草樓詩》成集，二章爲最，以其無一字不典切也。結意尤微婉可思。

聞鼓山絶頂可望海外諸國，欲登，不果

自注：上有天風海濤亭，朱文公題。

共説鼓山高出群，半天巒翠晝氤氲。島藏諸國晴時見，風捲洪濤静夜聞。未得肩輿隨度鳥，何時蠟屐踏層雲。晦翁亭子空相憶，絶頂松篁望不分。三四漁洋極賞。

于忠肅公祠

出狩天王竟北征，烽煙已逼鳳凰城。有君定國真長策，奇貨難居始罷兵。南内邀功争復辟，西曹枉殺患無名。最憐一事公遺恨，不使前星羽翼成。以宋和議之失對照，于公功在社稷，真再造矣。詩中有史，擲地當作金石聲。

吴　光

字長庚，浙江歸安人。順治辛丑賜進士第三人，官翰林院編修。有《南山堂集》。

泊湘口二妃廟，是瀟湘二水會處

泛檝楚江曲，輟棹瀟湘涯。天水互澄廓，矧逢清秋時。霜明沙渚浄，露寒岸草滋。芳蘅被長薄，修篁映素漪。月華臨夜空，青山窈多姿。帝子渺何許，嬋娟遠水湄。透靡迴翠旌，彷彿驂文貍。蒼梧白雲去，洞庭丹楓衰。美人期不還，日落愁參差。睠彼湘竹吟，躊躇有餘悲。點綴《九歌》，自足遠神遠韻。

遊招隱山六洞自注：洞曰朝陽、夕陽、白雀、嘉蓮、南華、北牖。

攀陟情忘疲，洞壑洵迴邅。朝陽開霏微，夕景映澄鮮。菡萏不可見，白雀徒空傳。窈窕北牖室，演漾南華泉。虚竇顯向背，隱磴潛亘綿。蔽虧欺日月，藏納杳雲煙。削鑿太華小，澹瀕神島連。偶然二儀刱，遂奪萬古妍。寓真賞非一，尋異懷屢遷。浩蕩觀物化，聊謝區中緣。作者五古，胎源二謝，然自能造句，不徒得古人之形。

遊虞山韶音洞自注：在粵。

探奇尋古嶠，巘竇臨清瀨。空谷響易奔，萬竅咸竽籟。苔蘚映崩壁，竹柏翳叢薈。冬夏鳴瑟商，昏旦變明靄。睠邈蒼梧巡，逶遲翠華邁。驂虬紛嶁崆，羽旍森晻藹。攬袂南薰亭，天風動衣帶。月皓清湘流，雲空九疑外。抗緬千載前，躊躇發深嘅。

登昭州城樓即事

兩江穿石壁，叠嶂倚孤城。舟向猿邊下，人於鳥上行。巖幽谷霧暝，野曠戍煙平。薄暮樓笳發，栖栖旅客清。『千里江陵一日還』後復得此奇險之句。

晴川樓

萬古山樓對黃鶴，一身楚塞吟清秋。羲娥平向窗中過，江漢交迴檻外流。深窟黿鼉時隱見，盤渦鷗鷺静沉浮。禰衡李白今何處？日暮空悲芳草洲。江漢交迴，的是此處，得此句，不嫌上句之泛。

王維坤

字幼輿，直隸長垣人。順治辛丑進士。

寄慰乾一落第

當年交臂許雲龍，太息名高未易逢。我輩都非食肉相，古人常作酒家傭。三巴二月鶯千囀，萬里雙魚淚一封。何處相思不相見，梓江迢遞劍門重。諸乾一，松江人。時幼輿在蜀中，寄詩。

除夕

眼底年光盡，家人真不來。西川兵火後，無復望鄉臺。順治朝科目止於辛丑，此下皆文人才士、山林野老之詩。

徐延壽

字存永，福建閩縣人。有《尺寸集》。◯存永，興公𤊹之子，錢牧齋序其詩，盛稱許之。

燕子磯

馮夷吹浪齧山根，雲樹千重暗白門。故壘尚聞雙燕語，空江曾見六龍奔。楊花莫雪行人路，杜宇春風古帝魂。扣枻中流頻喚酒，客情難遣是黄昏。哀福王之出奔也。漸漸麥秀，於言中言外見之。

建州符山寺别楚黄樊山甫

共借僧寮一榻眠，離家愁説兩經年。斷雲古驛過樵水，涼雨孤舟憶楚天。千里别情芳草外，五更殘夢落花前。城南歌舞今消歇，又見關山月上弦。

新淦縣拜周公瑾墓

水畔巴丘古縣開，周郎祠宇傍泉臺。霸圖當日成何事，才士無年實可哀。荆楚干戈終古恨，小喬環珮幾時來。天涯孤客逢寒食，特爲停舟酹一杯。霸圖不成，繇公瑾之早没，哀之深矣。

褚　篆

字蒼書，江南長洲人。邑諸生。◯蒼書天爵自尊，淬礪古學，韓文懿公以父執敬禮之。康熙己巳，聖祖南巡，召見於行在。所命書牋二幅，御書『海鶴』『風姿』賜之，時年已九十六矣，越歲卒。生平詩稿散佚，祇存此篇。

歸度仙霞嶺

匹馬勞勞蒼翠間，千尋古棧度重關。天南氣象開蠻府，嶺上風雲動越山。徑走黄狐荒草合，村連紅樹夕陽殷。生民苦憶無家別，煙火蕭條何日還。

趙士喆

字伯濬，山東諸城人。有《觀物齋集》。○伯濬去家不歸，著《建文年譜》。董樵目中無人，然師事之，可以覘其品矣。

五平詠懷

陽春風初和，驅車游皇州。平原明朝暉，層城如雲浮。高楊緣長川，丹霞棲瓊樓。驪駒誰家郎，翩翩臨清流。雕弓飛金丸，銀鞍懸吴鉤。從禽平陵東，還歸倡家游。燕姬顔如花，琅玕爲搔頭。留君調新聲，哀歌彈箜篌。清宵華燈張，輝煌羅衾裯。人生當爲歡，誰能長憂愁。嗟嗟元經儒，窮年無時休。創格，却極自然，不入游戲。

毛如瑜

字貴甫，山東陽信人。著有《太瘦生稿》。○貴甫曾挾策上書，爲權倖阻抑而歸，遍游五嶽，乃卒。

登北嶽

恒嶽嶙峋四望開，正逢春色氣佳哉。風煙下瞰中原盡，形勢遥從萬里來。手接星辰依座近，身經虎豹扣關迴。吾廬東岱登臨舊，争長崔巍未易裁。

劉獻廷

字繼莊，廣陽人。◯繼莊於天官、地理、農田、水利、刑名、錢穀，以及兵陣、刀槊之類，無所不能，韻語其餘事也。然豪氣飈馳，逸情雲上，讀其詩，可以想見其人。

懷古

古之兵皆農，農富兵亦强。古之士皆農，農樸士亦良。兵農一以分，甲胄無餘糧。士農一以分，耒耜無文章。分之則兩傷，合之則一理。請語當途人，治亂實此始。經生家安能爲此言？即此可以覘其抱負。

泛溪

白石何粼粼，清流自浘浘。信舟漾前溪，兩岸饒蒲葦。日落秋風生，停橈弔山鬼。

題暉草齋

誰將堂上春，得比春日暉。日入光更出，親老無重歸。誰將人子心，得比庭前草。春風日日吹，草色年年好。從東野意翻進一層，詩到此，纔有關名教。

水仙操

天行海運旋宫音，萬象回薄由人心。移情易性琴非琴，刺舟而去留深林，海水汩没鳥哀吟。余心悲兮無古今，援琴而歌淚淫淫。

贈張鐵橋先生

我生燕山下，君住羅浮巔。相去萬餘里，蒼茫隔風煙。我年三十君七十，南溟絶塞誰通連。金閶忽相遇，會合非徒然。龐眉拄杖指天外，招我把臂談重元。我向空山抱幽獨，三元厄運遭百六。耳聞滄海變桑田，長安夜聽銅駝哭。南來踪跡訪遺民，幸遇先生成信宿。先生腰下雙青鋒，閃爍跳躍如飛龍。自謂十年不曾試，宵光夜冷青芙蓉。延津神物有時合，爲我一舞開心胸。君言當年不如願，未必他年嘗健飯。留挂丹房鎮鬼魅，跨鶴吹笙從此變。先生畫馬非凡馬，筆走房星自天下。世間騏驥總虚名，王良只向丹青寫。寫馬君所易，寫人君所難。清高深穩在閑檝，駑駘蹩躠充衣冠。畫馬不畫人，畫鳥惟畫鷹。宇内神俊姿，妙手恣飛騰。君自粤東來，探奇幾千里。俊物與名山，收貯奚囊裏。囊中五嶽空嶙峋，忽逢佳士爲寫真。婁東顧子稱同調，虎頭龍性誰能馴。與君相對兩無語，雙眉不點人間塵。肯染春風舊花鳥，位置精神向三島。我生不識顧雲臣，依稀錯認丹霞老。自注：雲臣小像，酷似丹霞澹翁。典型落落如晨星，萬事悲涼付秋草。別君流離遷向越，眼底旌旗互明滅。奪我金庭第九天，翻飛只憶南華蝶。西湖重遇又經春，笈裏煙霞別有神。還期徧走齊州地，同作天臺采藥人。鐵橋，名穆，善畫鷹馬，不苟贈人。兩奇士相遇，必有傾吐肝膈、芒角流露者。篇中飛騰變滅，如白雲從風，去來無迹。青蓮流派，安得不屬此人？

留别張鴻伯兼懷張非文和韻

舟檝吾將老，詩書世所輕。誰知天下士，漂泊亦無成。放眼空今古，虚懷向友生。北歸心已足，不復悔南征。一氣鼓盪，律體最高。

題潛籟軒和韻

玉峰有高士，痛哭壽山隈。鐵馬夜千里，麻衣時一來。自注：崑山顧寧人先生每至軍都，必主潛籟。自從丹旐返，不復草堂開。珍重遺編在，沉吟日幾迴。

贈行西上人

鐵騎穿雲舊拓邊，大江歸去浪連天。五更夢醒荒祠下，百戰人酣繡佛前。風急雁行排遠岫，秋高鵰影落寒煙。與君共望中原路，衰草離離倍黯然。應是戰將而隱於僧者。

贈楊子西

我溯三湘問楚材，與君披寫共登臺。乾坤不肯留殘照，海嶽無從問劫灰。莫訝青萍通夜嘯，何妨白雪滿頭來。縱横且説當年事，尊酒淋灕亦快哉。黯黯殘照，何計留之？茫茫劫灰，何從問之？泉明飲酒課耕，乃樂天安分之常也。

卧病

風塵泉石兩蹉跎，歲月催人委逝波。萬事無成心力少，一生有幾别離多。夢回弟妹依然失，病久交遊誰更過。剩把新詩消永日，空床獨坐强吟哦。古之傷心人乃有此言。

幽居

王孫學賦小山招，意氣崚嶒耿未消。燕市酒酣聞擊筑，吴關人去憶吹簫。功名夢醒玄駒國，卜築門臨白馬潮。回首故園千里外，江鄉隨地老漁樵。一肚牢騷借幽居發出，此豈幽居人語耶！

贈向語可

天半峨嵋落照邊，漢川東與蜀江連。萬金散盡猶存骨，一劒長留豈學仙。秋水欣逢東海若，馬蹄難遇九方歅。窮途我自憐空手，灑淚相看大別前。

詠史

朝橫而夕縱，志本在温飽。弊裘先自媿，何論妻與嫂。足以服季子之心。

匕首西入秦，生死在眉睫。秦政非齊桓，如何欲生劫。明人有論，已暢言之。此括於二十字中，尤見明快。

治國與治軍，卧龍豈兩事。陳壽亦何知，還問司馬懿。掃得痛快，如此作詩，何妨議論？

王昭君二首

六奇已出陳平計，五餌曾聞賈誼言。敢惜妾身歸異國，漢家長策在和番。咎在陳平、婁敬，此正論也。元帝時，匈奴已弱，帝不欲失信，非畏其强，此意詩家未曾道及。

漢主曾聞殺畫師，畫師何足定妍蚩？宫中多少如花女，不嫁单于君不知。若故爲自幸之辭，不怨，深於怨矣。

題閨秀雪儀畫嫦娥便面

素箋摺叠塗雲母，黛筆清新畫月娥。莫道繡奩無粉本，朝朝鏡裏看雙螺。

喻　指

字非指，江西南昌人。

石城晤林茂之

澤國烽煙逐敝貂，秣陵人事更蕭條。山頭牧馬無春草，城下東風有暮潮。白髮逢君疑再世，清尊爲我話前朝。天涯便欲相依隱，何處空巖著野樵。五六語不必求工而身分自見。一氣清空，亦從杜詩中出，世人學杜者但求形似，得其皮毛耳。

徐振芳 字大拙，山東安丘人。

海陵寄李子僘

滄滄長河落日愁，美人芳訊到滄洲。猶龍久矣逃塵世，牽犢公然飲上流。赤水有珠歸罔象，碧天無際泛虛舟。班荆擬在雲深處，一醉青蓮海岳樓。

張　杉 字南士，浙江山陰人。

蒲坂道中

峻坂長驅匹馬過，春風吹客奈愁何。重華不返蒼梧駕，孤竹空傳《采薇歌》。北望雲中迷紫塞，西來天上瀉黄河。幽懷故國歸何處，此日征衣淚更多。

沈道映 字彦徵，江南華亭人。著有《鴻跡軒稿》。

訊鬃淵水西

幽人谷水耽高卧，江村長夏看雲坐。清夢心隨鷗鷺慵，獨醒跡向風塵左。草閣蕭蕭六月寒，窮探學海傾波瀾。千秋自取性情足，一編歌哭來無端。與君成別忽已久，不向西郊頻握手。聞道驚濤没釣磯，爲問漁竿無恙否？

送霄客南還

聚首無多日，天涯袂忽揮。苦將遊子淚，灑向故人衣。落日河流急，寒楓驛路稀。與君俱作客，争奈不同歸。『遊子淚』『故人衣』，極平平語耳，合用之，頓傳出至情。知詩人所貴點化，不專求新。

野泊

野渡夕維舟，寒潮正急流。雁聲沙際月，帆影笛邊樓。獨客難爲夜，孤心易感秋。百年同逝水，不盡古今愁。

登沕中潮音閣眺望有懷

峰頭雲氣晝冥冥，蠟屐憑高試一停。湖面日翻荒岸白，海門天入亂山青。孤帆是處隨漁網，長笛何人起鷺汀。谷水崑陰俱在眼，可憐二陸久凋零。

舟泊富林謁陳大樽先生墓

富林溪上一盤桓，墓道春陰泣漢官。未見豐祠傳俎豆，空留皎日照衣冠。當年碧血青燐散，此地銀濤白馬寒。回首平陵松柏路，子規啼徧朔風酸。弔大樽先生，祇傳其精衛填海之節，而學術詞章概從闕如，此立言得體處。

懷家雪峰

他鄉苦憶病維摩，皂帽藜床歲月過。春到竹林無酒伴，悲來土室只高歌。柴桑甲子同元亮，筆塚風流繼永和。誰共扁舟横鐵笛，滄江閑理釣魚簑。

陸元輔

字翼王，江南嘉定人。◯翼王爲黄陶庵先生入室弟子，學術志行不媿師門。所爲詩亦復相似，鍾、譚習氣不能染也。

送袁重其歸吴門

青眼滄桑閲逝波，百年世事足悲歌。尊前故舊凋零半，亂後文章感慨多。鱸膾正堪淹客棹，驪駒無奈向關河。憑君一寄昌亭淚，江左風流更幾何。自注：時聞葉聖野之訃。

九日侯硯德病起招尋王氏南園

自注：次老杜《九日藍田崔氏莊》韻。

干戈天地醉鄉寬，令節招尋得暫歡。已喜高秋蘇肺氣，還愁短髮落南冠。來賓白雁關河杳，無主黄花霜露寒。却憶先朝王相國，東籬采菊笑顔看。自注：南園，爲王文肅公種菊之處。

送文介石學博歸滇南

滇客頻年賦《式微》，今朝纔見理征衣。三江日月孤臣老，六詔風煙萬里歸。山過碧雞多戍鼓，星窮朱鳥近親闈。好音爲寄東來驛，莫道南天少雁飛。三詩值悲歌感慨之境，無志微噍殺之音，可以覘其所養。

陸宗濰

字維水，江南嘉定人，翼王姪。

維揚舟次遇鄉人南歸

忽聽鄉音唤阿蒙，月明橋畔此浮踪。乘君下水歸帆便，寄我平安第一封。與『復恐匆匆説不盡，行人臨發又開封』同一天籟。

余思復

字不遠，福建將樂縣人。◯不遠草書多從二王中出，予於京口屢見之。曾流寓於黄鶴山也，聞其非力不食，亦屬志士。

贈别

江水悠悠江蓼紅，江雲黯黯别離中。乾坤留眼觀時變，湖海論心有客同。楚國誰能爲玉泣，齊門何竟羨竽工。長安定有平安信，萬里無忘寄朔風。

侯方域

字朝宗，河南商丘人。有《壯悔堂集》。◯朝宗以古文鳴，詩特其寄興，識者比之皇甫持正、李習之、蘇明允，最爲愜當。

寄李舍人雯

金陵門外昔同遊，歸去衰遲有故丘。六季春城喧野雀，三山雲氣黯江樓。嵇康辭吏非關懶，張翰思鄉不爲秋。最是月明照顔色，平蕪煙雨使人愁。

冒襄

字辟疆，江南如皋人。南渡時用爲推官，不就，以貢士終。有《樸巢詩集》。

○辟疆與宜興陳定生、商丘侯朝宗矜名節，持正論，品覈執政，不少寬也。馬、阮當國時，幾羅於禍。後居水繪園，以友朋文酒爲樂，遠近高之。

寄吴梅村先生

鹽官留滯歎蹉跎，遺老飄零事若何。萬里烽煙横塞雁，五都荆棘没銅駝。遥瞻吴苑鄉關隔，近接邗江涕淚多。聞道子山消息在，白頭紅豆只悲歌。

贈柳敬亭

憶昔孤軍鄂渚秋，武昌城外戰雲愁。如今衰白誰相問？獨對西風哭故侯。贈敬亭并弔寧南，可作羽聲歌之。

陸元泓

字秋玉，江南常熟人。◯秋玉無家，圖己像於水墨中，自稱水墨中人。

過河北劉賸庵先生墓

曾云歸去總天涯，三尺荒墳萬古家。若個年年弔寒食，半瓢清酒滴桃花。

徐　波

字元歎，江南吴縣人。◯元歎少年任俠，後工詩。之楚中，交竟陵鍾、譚二公。晚歸老落木庵，以枯禪終生平。詩近鍾、譚體，牧齋痛貶鍾、譚，而於元歎獨許之。

落花

花意寒欲去，登樓送所思。將分春雨恨，似與故人期。野水斷村路，孤煙生竹籬。吾徒從此逝，忍見艷陽時。落花習徑，以生新之筆湔除之，李義山『高閣客竟去』一首後復見此詩。

金人瑞 字若采，江南吴縣人。諸生。

愁

江水流春不當春，江花江草故愁人。開頭捩舵汝何往，擊鼓鳴橈皆不倫。巫峽猿啼真迸血，楚天朝雨最通神。老失欲寄精誠去，憑仗高風達紫宸。此擬杜作，似夔州以後詩。

侯涵 字研德，江南嘉定人。

送别鷺賓感家朝宗往事

閶闔門邊酒共傾，依依酬勸忽分征。却愁此别成南北，誰道他時隔死生。十載黄壚豪士骨，千秋青史黨人名。白頭太傅腸猶熱，手把家書倍愴情。自注：出朝宗遺札，多隔世事。

劉逢源

字津逮，直隸曲周人。

郭泰

博帶雍容七尺身，遨遊郡國擅人倫。如何下士相憮傲，只愛先生折角巾。

補鍋匠

高隱昔傳磨鏡客，奇踪今見補鍋人。若將姓字留天地，縱使巢由亦外臣。非薄巢由，要見不留姓字爲最高耳。必求其人以實之，毋乃鑿乎？

吴兆寬

字弘仁，江南吴江人。

寄懷小修弟

萬里江濤接郢城，上游節鉞坐論兵。風清鼓角秋開幕，月照旌旗夜勒營。海内功名多難日，天涯兄弟别離情。只今漢上烽煙滿，慷慨中流憶祖生。

閔麟嗣

字賓連，江南歙縣人。著有《卧雪詩草》。○賓連喜遊，踪跡幾徧天下。所遊皆有詩，而《廬山》一集尤膾炙人口，緣未見全集，止録二篇。

空水閣

欲窮瀑水源，峽束忽無路。上有蛟龍居，下雜古今樹。數石何漸漸，飛動令我懼。側身入空冥，盤曲審跬步。陰森鬼搏人，日月如未曙。一閣踞其巔，青蒼於此聚。山僧不常栖，終年白雲住。雙扉風爲開，倚檻時一顧。晚來山雨晴，豁見湖光露。留連空明中，恍惚若有悟。起步得此，下信手寫去，無不入妙。

玉淵潭

纔過三峽橋，谿壑駴聞見。吁嗟此奇觀，曲盡水之變。石忽不受水，水怒如激電。其勢必斜飛，下與蛟龍戰。淵深不敢窺，薜滑試一踐。我有悠然心，六虛任周徧，對之神益閒，澒洞增餘眷。高歌扶杖歸，習習風吹面。向遊天臺石梁，見瀑布激石，勢怒迴轉，斜飛亂下，如萬斛明珠，噴灑跳擲。時有語，不敢輕吐。讀此詩『石不受水』數言，恍置身石梁間也。

吳嘉紀

字賓賢，更字野人，江南泰州布衣。著有《陋軒詩》。◯野人居泰州之安豐鹽場，瀕於海，刻苦成詩人，無知者。自周櫟園侍郎盛稱其詩，人争重之，由是陋軒之名與諸名家相埒。◯漁洋詩以學問勝，運用典實而胸有鑪冶，故多多益善，而不見痕迹。陋軒詩以性情勝，不須典實而胸無查滓，故語語真樸，而越見空靈。然終以無名位人，予持此論而衆人不以爲然。然其詩具在，試平心易氣讀之，近人中有此孤懷高寄者否？

送吴眷西歸長林

孟夏雨初霽，海村桑葉肥。小麥蕲蕲秀，雉來麥上飛。悵然遠遊子，顧盻思巖扉。十年困馬足，四體懸鶉衣。世態已閱歷，長策莫如歸。蘗樹無甘蔭，冰壑無炎暉。從來高蹈士，不厭寒與飢。去去故山中，努力餐蕨薇。

長林何處所，泉潔山秀峙。曖曖人煙際，灌木四五里。枝上老鴉多，春來各生子。子幼含哺勞，子大雌雄恃。恩勤雖已極，骨肉一巢裏。此時垂白母，望遠閭自倚。行路稍欲稀，夕陽半山紫。兒今遠歸來，無米親亦喜。末語非至性人誰能道出？

贈汪秋澗

秋澗九尺軀，雙腕最有力。自稱草野臣，提刀能殺賊。家破讎未報，亡命走江北。黄金買紅袖，將身委聲色。荒淫不得死，聊復弄筆墨。歐虞及顔柳，生氣盈丈尺。時賢慕絶技，他鄉且謀食。懷中一片心，到老無人識。秋澗奇人，惟此奇筆足以傳之。末語終莫定爲何等人，所以爲妙。

哀羊裘爲孫八賦

孫八壯年已白頭，十年歌哭古揚州。囊底黄金散已盡，笥中存一羔羊裘。晨起雪霏霏，取裘覆兒女。亭午號朔風，兒持衣而翁。風聲雪片夜滿牖，殷勤自解護阿婦。裘之温暖誠足珍，不得衆身爲一身。吁嗟乎，長安天子非故人，羊裘冷落對邗水。他年姓字齊嚴光，今日飢寒累妻子。

一錢行贈林茂之

先生春秋八十五，芒鞋重踏揚州土。故交但有丘塋存，白楊摧盡留枯根。昔遊倏過五十載，江山宛然人代改。滿地干戈杜老貧，囊底徒餘一錢在。桃花李花三月天，同君扶杖上漁船。誰家酒罏可賒飲，一錢先與人傳看。酒人睇視皆垂淚，乃是先朝萬曆錢。『桃花李花』二語偏寫得興高，遊冶相似，而結意悲傷，傳出麥秀漸漸之感，一篇主意全在此也。一裘、一錢，兩篇是創格，亦是絶調。

朝雨下

朝雨下，田中水深没禾稼，飢禽聒聒啼桑柘。暮下雨，富兒漉酒聚儔侣，酒厚只愁身醉死。雨不休，暑天天與富家秋。檐溜淙淙涼四座，座中輕薄已披裘。雨益大，貧家未夕關門卧。前日昨日三日餓，至今門外無人過。

我昔三首效袁景文

我昔客途逢敗兵，弦聲旆影魂俱驚。殘騎如狼散草莽，居人雜兔奔縱横。漁船貪利夜賣渡，金多方許載人去。暝色潛行曙則隱，口乾腸飢我能忍。

我昔携家亟逃難，海雲漫漫晝昏晏。野空蹄響賊馬近，我船欲速行轉慢。須臾燔燒閭里紅，風漂船入蘆港中。蘆葉菰葉蔽男婦，引衣掩塞啼兒口。

我昔兵過獨還家，畦上髑髏多似瓜。空村無聲雞犬盡，籬菊自放霜中花。天南伯兄天北季，驚魂棄絶故園地。夜寒鬼語聚稍稍，細雨還聞九頭鳥。效景文而體源出於杜老，全以質勝。

勸酒歌贈喬功偕

蠟梅開花醞香發，親戚攜觶造門闥。造門闥，來勸翁，念翁遯跡楚雲東。皂帽布囊臨大海，蘆花蒲葉多清風。清風蕭蕭，塵起奈何？未若蟻浮鸊鵜螺。繇來酒鄉可避世，請翁聽我《勸酒歌》。

燭花漾漾酒滿瓢，雪飛入檐見酒消。瓢與杓，引翁嘗，念翁辛苦容貌蒼。汾河恒岳家鄉遠，吴樹淮隄歌思長。長歌復短歌，古調清泠泠，不如濁醪注瓦瓶。繇來醒者多智慮，勸翁一醉安性靈。

桑田變易城市改，翁家書卷年年在。東壁卷，西壁書，中間惟應置酒壺。萊衣芰裳膝前侍，偉節慈明天下無。門户須開，明月欲來，甕中又漉新熟醅。有書有子願已足，翁不痛飲胡爲哉！

三章音節劇佳。

僻壤

僻壤無春至，安知春已殘。海雲千里黑，塞雁一聲寒。老去謀生拙，時危作客難。直西是鄉路，日日出門看。

落葉

枝上曾幾日，夜來秋已終。又隨天地意，亂下户庭中。不静月斜處，偏驚頭白翁。何須怨搖落，多事是春風。小小題傳出天運自然，不怨霜露而怨春風，見盛之始已伏衰之機也。小家但工刻畫，粗得形似而已。

送周雪客遊新安

三秋尋老友，千里去新安。地主雲中候，天都馬上看。蓬生黄帝竈，鶴唳吕公灘。登眺須扶醉，深山瀑布寒。

輓鮑念齋有序

念齋諱輝祖，父夢斗。乙酉客蕪城，四月兵屠城。輝祖在宛陵，聞父訃，時方九歲，往蕪城尋父尸。不得，笥中得父敝衣，抱歸。歲時泣祀，奉母守節。母死，哀毁成疾。因卜地以敝衣置棺中，招父魂，同母厝於南梁。栽樹左右，日夕攀樹枝，哀號灑泣。踰年死，聞者莫不悲之。

獨遘傷心慨，應爲早死人。魂招衣當骨，淚盡子隨親，孤稚遺天末，三棺客海濱。手栽原上樹，靉靉野陰新。『魂招』十字，渾括全意。

新僕

語少身初賤，魂傷家驟離。飢寒今已免，力役竟忘疲。長者親難浹，新名答尚疑。猶然是人子，過小莫輕笞。語語從『新』字起意，一結仁人之言，藹然動聽。

内人生日

潦倒丘園二十秋，親炊葵藿慰余愁。絶無暇日臨青鏡，頻過凶年到白頭。海氣荒涼門有燕，溪光摇蕩屋如舟。不能沽酒持相祝，依舊歸來向爾謀。三四寫清貧之況，五六狀瀕海之景，末點化熟語，脱口生新，莊子所謂『有道妻子皆得佚樂』可以想其高風焉。

玉勾斜

莫歎他鄉死，君王也不歸。年年野棠樹，花在路傍飛。

國朝詩别裁集卷七

長洲沈德潛歸愚纂評　男　種松校字
江陰翁　照霽堂　長洲周　準欽萊同輯

沈　磐

字石均，江南吴縣人。諸生。○家石均家靈巖山下，名未甚著。楊維斗先生會文二株園，取冠衆人，揭案珠明寺前。時學使者適歲試，亦取第一，目其文爲一郡之冠，自是四方人士争欲識石均矣。表此軼事，見前輩持衡之當，能使人引重云。○七言近體如師子搏象，必用全力，不求工於一字一句之間，西堂尤太史目爲大家。

陳靖獻公祠

自注：名迪宣，洪武時禮部尚書，靖難兵入，不屈，磔死。

强幹謀成禍亂紓，漁陽突騎竟長驅。運籌不少黄羅漢，堅壁難逢周亞夫。司馬豈聞嫻將略，秩宗何自綰兵符。宮車赴火君臣盡，一寸丹心逐鼎湖。歎齊、黄之無謀，而鐵尚書之外，無能堅守者。

分茅薊北控巖疆，鼙鼓誰教動范陽。自有長君圖社稷，不勞叔父佐成王。丹心願化千年碧，弱息難迴百鍊剛。自注：子六人俱被禍。縗絰何人輕慷慨，忠魂總赴白雲鄉。

六月霜飛殺氣中，收孥令下市朝空。生無面目湛三族，死念君王哭兩宮。精貫白虹隨落日，魂歸丹陛起悲風。宛溪舊接秦淮口，嗚咽流澌水不東。

采石磯望開平王戰處

咫尺江陵王氣浮，東南根本治揚州。關中早勸高皇定，河内先從世祖求。狐鼠依山還背水，將軍破釜更沈舟。只今寂寞長干路，楊柳蒹葭滿目愁。

金陵漫興

崎嶇一馬駐江干，叔寶聊開南極天。驟見蛟龍失雲雨，已知燕薊下樓船。旌旗晝閃三山外，壁壘星沈五校前。藩鎮望風争欵附，故將鳴鏑射中堅。此見小朝廷之無人也。倚託四鎮，而二劉反戈，亡岌岌矣！張天禄從劉良佐，後射黄得功，中喉，故有『鳴鏑射中堅』句。

元老宜參帷幄籌，誰令分閫鎮揚州。廟堂決勝全無策，宰相臨戎豈自由。百戰餘生終殉國，九原遺恨在同舟。至今嗚咽邗溝水，偏遶蕪城哭未休。此專閔史閣部之殉國，見孤忠無助也。

江表初開南國疆，衣冠不數舊貂璫。那堪矰繳隨鴻鵠，豈有梧桐集鳳皇。黨錮十年虚反覆，興亡千載重淒涼。繁華泯滅烏衣巷，怨恨分明石子岡。馬、阮借黨人之名戕虐士類，所謂『人之云亡，邦國殄瘁』也。

萬馬臨江擁健兒，上游諸將半横尸。鳳城夜啓宫車出，鵲觀塵飛漢祚移。張象望旂驚鼓噪，褚淵受爵愧期頤。諸公好去乘時會，莫入商山賦《紫芝》。宫車奔竄，國祚煙消，諸公不爲袁粲，願爲褚淵矣。孟津不足道，虞山能毋怍於中乎！

蔣平階 字大鴻，江南華亭人。

送羅夢章比部省親還蜀

歸心遥繫武功天，巫峽春風萬里船。錦水有桑堪養母，邛關何地可籌邊。雲迷八陣愁魚復，路轉三巴泣杜鵑。自歎碧雞詞賦客，十年旌節竟空懸。

禹陵

撬輦逢堯祀，垂裳拜舜年。剖圭開日月，瘗玉鎮山川。南幸遊方豫，東巡駕不還。衣冠辭岳牧，劍舄步神仙。寢廟春常閉，宫車夜自懸。千秋明德遠，萬衆寸心虔。海闊滄江外，星臨斗柄前。金莖留曉露，碧殿鎖青煙。罔兩猶留鼎，蛟龍想負船。秦碑荒草合，漢畤白雲連。蒼水書難得，玄狐籙可傳。按圖通百粤，淚盡九疑天。鋪叙有倫，不蔓不竭，此長律體也。陳、杜、沈、宋，素稱擅長。元、白滔滔百韻，才有餘，而律不嚴矣。作者隊仗自然，淺深合度，猶可望見初唐。

送李分虎之滇黔

萬里南中路，春風入五溪。地分銅柱北，山險桂林西。樹酒尊堪泛，筆船棹自攜。關梁莊蹻設，碑字武鄉題。水出滇池倒，天臨瘴嶺低。鳥言通八部，繡面接諸黎。聖武初經略，征南振鼓鼙。三軍持畢節，一戰下和泥。荒服開州郡，窮邊走寄鞮。闌干紅罽入，歌舞白狼齊。漢使難重問，磨崖不可梯。烏蠻新幕府，屬國舊朱提。君聽南征曲，能令鄉思迷。山深鸚鵡語，花老杜鵑啼。河外青蛉縣，關前白馬氏。還將《碧雞賦》，遲爾到金閨。

李鄴嗣

字杲堂，浙江鄞縣人。諸生。◯平生以著書爲事，著《漢語》《南朝續世説》，語中寓筆削予奪，鄞人多師事之。詩品刊落凡庸，不肯一語猶人，浙人中獨開生面者。

繡州孝女

女李氏，志在事親，遂終身不嫁，年四十七。

遠我父母，事人父母誰無父母，誰有父母？一解。少慕事親，十年不字。長慕事親，終身不字。二解。謂我女子，謂我男子。宛然孝子，宛然處子。三解。有父子倫，無夫婦倫。嬰兒子後，惟此一人。四解。暮雨梨花，年年寒食。麥粥一盂，父母之側。五解。◯古音古節，作者所刱，可以當古樂府讀。

出烏石山後失道

習僻厭平阡，岐道入榛莽。笮足不肯回，牽拂堅初往。稍進不見天，竹葉大踰掌。隙處迷煙雲，日脚不落壤。直躬礙枝幹，漸傴安得仰。兩袖競翅張，冒棘先用顙。導者未識誰，後趾蹴前緉。人獸盡無音，但聞碎籜響。三里幸出叢，目光久矘瞵。始見樵子行，寸心翻惚恍。字字刻削，極苦乃得極甘，孟東野後見此一人。

得杖

既出賀險盡，瞻前乃復陡。小憩對古松，支離類此叟。策足恥言疲，恐落僕夫後。山人指爪彊，折竹等蒲柳。憐予進一莖，兹意感君厚。忽若當顛危，倚仗得奇友。山魈不敢争，空潭戲蚴蟉。翼足漸以輕，影逐孤雲走。笑謂同行人，騰嶽等培塿。承上一首來，詩格亦從苦得甘。

自大嵩上二十里至福泉精舍

舍舟上樵徑，晴眺分纖毫。循塗凡屢盤，獲奇隨所遭。崩崖露雲根，長風勢澌饕。諸巒徐東體，始識身已高。在輿尚苦疲，何况舁者勞。斗上復稍垂，豁然闢林坳。老松得成鱗，巖土抽春毛。梵僧搆幽棲，人龍同一巢。入門氣得蘇，豆筍羅山庖。到此慚浮名，徒爲猿鳥嘲。『諸巒徐東體』四語，少陵手筆，亦是少陵心事。

囊雲大師山居

夫子邈然去，孤峰自闢門。地容方丈潔，天護草堂尊。風節千春見，行藏兩世論。荒荒西日下，梵磬肅朝昏。『天護草堂尊』一語卓絶，能當此者。宇内曾有幾人！

彭孫貽

字仲謀，浙江海鹽人。拔貢生。

螺川晤黄交侯，共談家難，感憤書懷

干戈滿地接山城，所在流亡苦甲兵。遊子那堪天北望，孤舟應共雁南征。俱傳欒布收彭越，相對黄公哭阮生。惆悵莫須論往事，嶺猿已過第三聲。

王猷定

字于一，江西南昌人。選貢生。著有《四照堂集》。○于一遭亂居廣陵，以詩古文自負，書法亦在晉唐之間。

螺川早發

月落秋山曉，城頭鼓角停。長江流剩夢，孤棹撥殘星。露濕鷗衣白，天光雁字青。蒼茫回首

望，海嶽一孤亭。『大江流漢水，孤艇接殘春』，漁洋賞費此度詩爲『十字千古』。三四寫舟行早發，亦復入神。

黄虞稷

字俞邰，晉江人。諸生。◯俞邰以諸生召入，脩《明史食》七品俸，當時以爲盛事。

次林茂之先生八十自紀韻

八十才名遍九州，先朝遺老至今留。聽談舊事開元載，早識詞人萬曆秋。藜杖尋詩荒徑外，松風坐客小樓頭。乳山咫尺能招隱，我欲從之一遡遊。

許　友

字有介，福建侯官人。著有《米友堂集》。◯錢蒙叟《吾炙集》稱有介詩無句不妙，無字不妙。及讀其所收，俱近淺率。今録二章，其七言一章係《詩觀》中采入者。

江行有餉予酒者

送酒荻花邊，今宵醉晚煙。隔燈分夜話，曲枕學枯禪。暑氣全歸雨，潮痕半入天。蘆中人不盡，結社在漁船。

送鄭一作客

苔繡銀刀佩古囊，雞聲勒馬著衣裳。揮杯滿目皆朋友，亂世逢場即故鄉。斷岸孤舟千里夢，曉天殘月萬家霜。悲予獨自看花後，春柳深深冷草堂。

戴本孝

字務旃，江南和州人。布衣。著有《前生餘生詩稿》。◯《池北偶談》載，務旃性情高曠，在京師時，夜與友人談華山之勝，晨起即襆被往遊。新城贈詩所云『洛陽貨畚無人識，五月騎驢入華山』是也。詩近平直，兹録其集漢魏、集陶數章。

漢魏集律

感懷

良時不再至，李陵。何乃太區區。無名。萬事無窮極，阮籍。九州焉所如。曹植。憂心常慘戚，蘇武。養志在冲虚。阮籍。願化雙黄鵠，無名。悠悠去故居。阮籍。

秋殘

良時忽一過，阮瑀。白日半西山。王粲。哀彼寒霜厲，馬明生。空令蕙草殘。無名。微歌發皓齒，嵇康。時俗薄朱顔。曹植。奄若風吹燭，無名。人生一世間。徐幹。

送别

遠送新行客，孔融。中心摧且傷。徐幹。寒蟬鳴我側，曹植。孤雁獨南翔。曹丕。努力加餐飯，無名。隨時愛景光。蘇武。勉哉修令德，鏐植。别後莫相忘。曹植。

陶律

贈野人

樂與數晨夕，區區諸老翁。貧居依稼穡，繞宅自蒿蓬。懶惰故無匹，箴規嚮已從。閒居三十載，鄉里習其風。

課農

所營非近務，相命肄農耕。井竈有餘處，林園無俗情。酒能祛百慮，菊爲制頹齡。遂令介然分，不爲好爵縈。

田家

少無適俗韻，甘以辭華軒。但道桑麻長，而無車馬喧。服勤盡歲月，守拙歸園田。終曉不能静，雞鳴桑樹顛。集陶勝於集漢魏諸作，以陶有名句，漢魏惟在氣骨也。此章尤極自然。

葺山中田廬

素襟不可易，性本愛丘山。褎役不遑寐，躬耕非所歎。敝廬何必廣，虚室有餘閒。歲月相從過，吾生夢寐間。

戴移孝

字無忝，江南和州人。布衣。◯無忝，務旃之弟。志行相似，詩品高於乃兄。

從軍行

南山射猛虎，北海斬長蛟。生平一雙手，出門隨所遭。男兒丁亂離，安忍坐蓬蒿。可憐太平人，低頭弄錢刀。草木同腐朽，烏知賢與豪。作丈夫語。

喜遇方三素伯於長干

北客南歸數千里，聞君適過長干寺。牽衣入寺歷訊之，扁舟又向吴淞水。君數貽我書，我未識君面。腸中宛轉如車輪，長江漫漫不相見。江上水鳧入户啼，衰煙斷柳風淒淒。橫江破巢不忍歸，天涯誰是心相知。正欲拏舟渡江去，聞君復就長干路。君出南城我入城，千萬人中恰相遇。城頭戍馬驕且嘶，與君同著婦人衣。侈言得志此何時，可憐頭髮如青絲。酌酒壽君跽復起，鬱鬱鍾山氣還紫。莫遣腰下青芙蓉，化作雙飛入江水。酒酣歌放不可休，記得昇州是蔣州。來朝同買釣竿去，矯矯萬里隨白鷗。歷叙離合情事，曲折如話。『同著婦人衣』，爲避亂也，用李密故實。

答人述先君舊事

莫道吳興事，酸風刺骨寒。相知皆死别，無處問平安。故鬼千家哭，孤城百戰難。當時衣上血，今日與誰看！無忝父名，重前朝，推官死難時，作《絶命辭》數章。

訓子

已入愚公谷，甘爲鄭子真。兒孫猶漢臘，晉魏有秦人。讀《易》無如《損》，遺安一味貧。更嫌名累汝，筆硯不須親。《損》先難而後易，以遏欲爲主。遺安以貧，真能遺安者也。前民訓子語皆切實。

牧牛

吾道已滄洲，黄冠學牧牛。有書時挂角，作畫笑籠頭。短布逢長夜，逃名得上流。一聲何處笛，吹盡古今愁。甯戚語巢父事，運化自佳。

惜誓

萬古刀鐶赤手磨，休將劍術責荊軻。一門争死無完卵，三户偷生作楚歌。不信青蠅還賜弔，堪悲黄雀自投羅。行看滄海揚塵日，纔見西山木石多。

曾傳燦

字青藜，江西寧都人。著有《止山集》。◯青藜選本朝詩，名《過日集》。所選純不勝雜，而人才略備，余於此竊有取焉。兄名畹，並以詩名，有雙丁之目。

將立春同友郊外眺望

群動各有息，玆遊成我閒。氣交寒煖候，春到有無間。寒石自流水，夕陽多遠山。離離林下屋，時見鳥飛還。

歲暮武陵別葉子九往京口

殘臘無佳日，况當離別年。布帆從此去，江水正茫然。貧賤愁中路，風波亂後天。好將古今淚，寄與夕陽船。

蕭　詩

字中素，江南松江人。◯中素隱於梓人中，人以工役之，往役受直。待以詩人，則行朋友之禮，古人賣漿傖牛之伍也。惜其詩未能多見！

答董子紹舒

南村有遺叟，寂寞居河濱。一褐常見肘，數椽聊寄身。所志在不苟，食力甘苦辛。閑來把魚鈎，終日無纖鱗。晴霞映眉宇，野火光燐燐。坐久發清嘯，怡然全我真。於此頗有得，勿謂原思貧。詩即自道生平。『所志在不苟，食力甘苦辛』，得陶公語意。

趙　潛

字雙白，福建漳浦人。有《冷鷗堂集》。

許九日以詩見訪次韻

才獨崎嶔氣混茫，喜君同調即同鄉。荔支家國煙蕪在，鼙鼓乾坤道路荒。江上偶然逢月旦，笛中容易慟山陽。自注：爲石齋先生。何時欲發婁江櫂，千樹梅花寄八行。自注：問訊梅村先生。

呈梅村先生

婁水龍門未易親，休官無過隱之貧。蒼梧往事餘雙淚，白首名山只一人。鷗鳥欲分高士席，梅花能伴苦吟身。投閑自是千秋計，落日寒江理釣緡。蒼梧往事，梅村詩中時追念之，不似牧齋全不提起。

毛會建

字子霞，江南武進人。

回雁峰

山到衡陽盡，峰回雁影稀。更憐歸路遠，不忍更南飛。

董以寧

字文友，江南武進人。◯文友與陳太史其年、鄒進士訏士並有才子之目。

生平急友朋難，奮不顧身，亦豪士也。

行路難

君言羞與樊噲伍，君言李蔡何足數。豈知人生亦有命，天下賢豪賤如土。況聞長安路，行者亦太苦。君不見，衛霍功名由女弟，竇田失意因杯酒。一日不得西京歡，公侯將相難白首。後人更憶華亭鶴，前人已歎東門狗。何如五陵俠少年，紅轠白馬黃金鞭。彈丸落處胡姬笑，日日濫醉春風前。

席上看弄丸歌

臨淄即墨天下聞，鬭雞走狗紛如雲。我來作客喜結納，脣舌不減樓君卿。銀花之脯八帶魚，主人邀我飲半醺。當筵少年擊鼉鼓，更一少年袒臂舞。足下紅錦韡，腰間五色組。手持一丸摩雲端，一丸未落復一丸。雙丸將落承以頂，須臾重入雲中看。更出七丸在肘後，兩手承蜩左復右。旁有少年拍手嗤，大言此技安足奇。摩頂至地身倒懸，以足弄丸目不施。七丸上下聲相擊，擊聲一依鼓爲節。是時我醉不欲眠，紛紛羅袖屏前列。

以足弄丸而目不加施，尤爲幻中之幻。詩如史公作傳，毫髮畢見，韻語中不意如此神奇！前一人弄丸，已如莊生所云矣。後少年

渡淮

黄河經北徙，千里背淮流。遠樹煙中暝，荒城天際浮。人歸二三月，南去一孤舟。何處王孫釣，傷心占渡頭。

讀『荒城天際浮』五字，爲淮人傷心，今更隄高於城矣。

酬鄒眉雪山右見懷

入市吹簫一酒杯，十年漂泊孝廉才。蘇君説趙謀方用，庾信辭梁賦轉哀。家本談天開稷館，心傷落日望燕臺。蓮花萬仞飛鴻過，何處空傳《歸去來》。

閨怨

流蘇空繫合歡床，夫婿長征妾斷腸。留得當時臨別淚，經年不忍浣衣裳。詩人寫淚者多，無寫到此者。

陳子升

字喬生，廣東人。縣諸生，以薦舉官給事中。○喬生詩麗而有骨，原本義山，近代中可儷楊升庵。

昔昔鹽

鴛鴦樓外烏欲棲，璹瑁梁間燕吐泥。月暈圓隨漢東蜯，天河傾向汝南雞。萬方儀態華鐙出，一笑横陳翠帳低。愁見曉鴻征塞北，不知天將定遼西。

何嘉延 字奕美，浙江山陰人。

燕子樓

極目古徐州，斜陽睥睨愁。黄河聞改岸，紅粉尚名樓。芳草長埋恨，悲風不待秋。尚書遺墓在，可有珮環遊。地已變遷，樓名長在。一女子之貞亦足不朽，可以風世矣。

張可度 字罽筏，江南江寧人。

廬山懷古

父居黄閣女崆峒，流水桃花石室中。無限炎威竟何在，成仙却讓李騰空。自注：林甫女也，李白有《送内之廬山訪女道士李騰空》詩。

沈欽圻

字得輿，江南長洲人。邑諸生，贈内閣學士，兼禮部侍郎。○後學周準填諱。○國初詩沿明季餘習，多宗景陵。先大父往復陶、杜，自攄胸臆。未嘗求工，而自中繩削。陸起頑太僕謂鍾、譚之風，流毒天下，不能濡染，沈生大是豪傑之士。太僕，先大父師也，不輕許人，當時以爲篤論。

春日招諸生

春風來融融，好花自爲開。好鳥林間鳴，求友聲喈喈。我心適無事，觸物俱和諧。鳥尚求其群，人豈無同儕。花下設杯酒，願與諸子偕。中心諒有得，各自抒我懷。元化本大公，何用分形骸。春風沂水，無非天趣。

生祠

虎丘七里塘，生祠何纍纍。榱棟高入雲，丹雘紛陸離。連牆與接牖，屹然豎豐碑。下承以贔贔，上蟠以龍螭。華文表德行，大論抒猷爲。某公居官日，曲折行其私。柝利如秋秧，忘却民膏脂。文中頌清節，飲水邁伯夷。某公居官日，斷獄無矜疑。五刑任喜怒，罔卹童與耆。文中頌仁愛，皋陶爲士師。周覽諛悦文，一例慙悪辭。舊有遺愛人，行政介且慈。行如打包僧，蕭然去官時。士民走相送，各各涕漣洏。誰爲建祠宇，惟留後人思。好官無生祠，墨吏有生祠。好官與墨吏，行人知不知。傾吐出之，如白傅《秦中吟》，辭氣、風骨，無一不肖。

除夕書事

匆匆歲欲盡，有客過我廬。云有急難事，强梁禦諸途。一身惟赤手，何以還里閭。君能急人患，哀聲爲君呼。援手實我分，焉敢辭有無。所愧生計薄，末由足君須。傾橐贈之去，餽歲無留餘。恐乖家人意，歡顏對妻孥。妻孥知我心，笑言倍怡怡。依然煨榾柮，聊復换桃符。入夜四壁清，此心真晏如。

童奴石義託身於阮懷寧府中，頗用事。招家五弟衷赤往，謂微官可得。既至，弟識亂徵，時遊倡樓，示荒嬉不可用，乃放歸。乍歸，而留都不復守矣。喜其能識時，自汙以免，因贈以詩

都督滿街走，職方賤如狗。自注：時童謠。此時乾坤入醉鄉，君臣嬉戲同披猖。剪伐連枝折故劍，一網盡欲羅鸞凰。僕隸招邀吾弟去，人頭畜鳴日相遇。寸心陡觸大厦傾，厝火積薪難久駐。自荒於色躭倡樓，是鄉足樂真温柔。香濃魄醉不知返，一笑似欲三年留。懷寧謂是妄男子，收拾行裝子休矣。歸來三月陪京亡，子嬰奔竄紲於枳。沙蟲猿鶴總消沈，大地旋看換塗軌。吾弟依然把耒耕，閒中常話小朝廷。從今永斷冠纓夢，抱犢眠雲無限情。

贈徐元歎 波

少年爲俠客，萬金散盡不少惜。中歲爲詩人，遠之楚澤哀靈均。歸來慕隱者，脱棄浮榮如土苴。晚歲依空門，菴名落木歸本根。我來訪君荒山裏，留客晚餐烹菊杞。夜寒襆被擁繩牀，月滿

空堂疑積水。不是尋常話箭鋒，生平披豁見心胸。卅年無限悲涼事，付與晨鐘暮鼓中。贈詩竟作元歎小傳，起手八語，立格甚奇，一結藴含可思。

秦良玉遺像

緌纓銀冑垂紅綏，裲襠耀日風前披。滿月粉頰揚青眉，繡旗飄翻擁長鈹。誰人結束整隊伍，知是石砫女土司。英雄自古出巾幗，投石戰場壯顔色。當年平靖奢崇明，一騎紅裝萬人敵。手持長繩入賊陳，縛賊歸來向空擲。思宗季年紛戰争，勤王誓師萬里行。至尊一語表英武，桃花馬上請長纓。自注：思陵賜詩中句。後來獻賊入巴蜀，齠齔不遺横殺戮。勤王兵殘勢窮蹙，子喪弟死一身獨。連斬六賊力已殫，拔刀自刎身不辱。忠勇義烈兼有之，女中張許誰能續。即今遺像餘桓桓，摧激人間壯士肝。願將效死沙場女，追配從軍古木蘭。千古奇人，詩亦極力寫之。

○《明史》謂良玉壽終於家，然先大父同時人，亦似有據，豈所云所聞異辭者耶？

梅

冰霜磨錬後，忽放幾枝新。獨立江山暮，能開天地春。自然空色相，誰與鬭精神。野客閒相對，如逢世外人。脱盡窠臼，籠罩前人。

詠史

卧薪嘗膽日，縱飲擘牋時。但識憑江險，而忘厝火危。一堂争洛蜀，四鎮角熊羆。此日王夷甫，清言或未宜。

君臣魚水合，半壁且遊嬉。殿上黄幡綽，宫中郭順時。還須求故劍，慎勿剪連枝。野老瞻烏意，茫然空爾思。此留都時事也，不止『從臣皆半醉，天子正無愁』矣。『須求故劍』，『勿剪連枝』，草野自存公論。

後詠史

江山何止割鴻溝，白馬青絲尚未休。貂到續餘惟狗尾，侯當封處總羊頭。不容黨錮逃張儉，只許煙花選莫愁。况是龍蚍互相鬭，元戎若箇賦同仇。

東周東漢竟如何，消息傳來豈盡訛。嬉戲無如李天下，詼諧合有鏡新磨。摸金使者徵求遍，指鹿元臣煬蔽多。江畔野人空悵望，恐教荆棘卧銅駝。連上二章，小朝廷之亡，亟亟矣，可云詩史，詎止隸事之工！

重陽後二日同葉聖野襄補登高

如此河山著此人，登高觸緒總傷神。有朋共灑新亭淚，無扇能遮庾亮塵。白雁唳時來絶塞，黄花開日過經旬。傳聞消息君知否，世外巢由作鳳麟。

聞錢蒙叟尚書辭世

真共麻姑閲海桑，俄看文曜掩寒芒。石城衆只哀袁粲，南部名曾重范滂。已隕柳枝空有室，時河東君隨死，所居名『我聞室』。未荒紅豆尚留莊。史才天與因多壽，轉使辭人咎彼蒼。原其曾爲范滂，正惜其不爲袁粲也。末以天付史才寬之，若回護，若不回護，工於諷諭。

送楊曰補南還

去年春盡同爲客，此日君歸又暮春。最是客中偏送遠，况堪更送故鄉人。四層曲折。一氣傳寫，又脱口而出，略不雕琢，是唐人絶句品格。

梁　逸

字逸民，江南崑山人。著有《紅葉村詩》。○逸民人與詩俱不入時，葉文敏序而傳之。卷中意味稍薄，而氛坱俱澌，翛然自遠。

把酒桃花下

茅屋水聲裏，面面桃花紅。深杯獨淺酌，花落盈杯中。今日向花醉，明日枝頭空。開落固有時，何用嗟春風。

泊舟古渡

渡頭楓葉正飄零，驛外空傳舊有亭。兩岸雲封千嶂白，五更霜落一燈青。濤聲入枕愁先覺，寒氣侵人酒易醒。莫向洞庭悲木葉，恐驚瑶瑟怨湘靈。

阮旻錫 字疇生，福建同安人。

還家

盡室遯江村，乍歸未識路。却問路旁人，爲指門前樹。癡兒各長成，有弟亦同住。病妻久臥牀，淹淹迫歲暮。獨客苦思鄉，還鄉如客寓。二親掩重泉，淒清感霜露。回首望禾江，舊廬杳無處。信宿不遑安，又復出門去。向於京口見無名氏詩，有『萬里是鄉家是客，三冬披葛夏披綿』句，寫盡作客情事。讀此詩尤覺黯然。

詠薇

微雨春舒葉，嚴霜歲植根。一拳滄海曲，千載首陽魂。歎世君臣薄，聞風草木尊。商周日已遠，采罷亦何言。詠高節也。不脱不粘，得老杜詠物體。

七忠祠

遺廟淒涼落照餘，諸公抗節竟何如。可憐苦戰平都督，不及臨戎鐵尚書。風雨孤城猶黯淡，河山故國已丘墟。峨眉亭上題詩客，千載傷心論革除。

陶　澂

字昭萬，以生當季世，更字季，江南寶應人。著有《湖邊草堂》《舟車》等集。

○陶處士詩英偉沈摯，感時傷亂之作，以詩爲史，直欲上溯杜陵。薰樵，字樵，萊陽人，與陶季皆以一字爲字。

當垂老別

槍雲起西陲，黔翳紛四塞。地缺紫溟漲，天傾白日蝕。中原正格鬬，東南括民力。宰相出笎兵，奔走不得息。江漢恃鎖鑰，獷獷虎而翼。尾大莫敢制，癰潰徒自慼。帶甲十萬人，秦越終異域。諸藩復流虐，淮泗苦畢弋。天子日深居，優詔還示德。側聞京尹令，上奉司馬檄。大募勇健兒，蹶張守隖壁。老夫年半百，鬢髮尚黎黑。沃土棄蓬蕭，諸男死鋒鏑。入爲飢寒并，出爲豺狼逼。不如事征戰，横行寄胸臆。孤獨飢寒，復爲官長困逼，不如轉戰之冀幸於萬一也。與少陵之『家鄉既蕩盡，遠近理亦齊』同一用意。◯鮑明遠有代古人題詩，當猶代也。

當新安吏

我生遘末造，天戒猶未央。連延三輔地，十歲九旱蝗。害氣致晦蒙，妖星爲欃槍。有時雨如血，疵癘見伯彊。中原復凶飢，行者心盡傷。城郭漸蕪塞，弱肉爭豺狼。邊境士易驕，脱巾呼癸庚。絲菅斂且盡，國計何蒼黄。守臣繫安危，川決必有防。涓涓不能遏，氾濫日以長。蛾賊闞西來，縱横入畿疆。詔紙下六郡，大義誠激昂。我亦良家子，戴履共一王。聞詔即自誓，肯復依舊鄉。雄劍久挂壁，拂拭生輝光。持此報恩去，存殁惟沙場。

當石壕吏

結帶事遠方，六親相決絶。明日疆場人，今日尊酒別。遠人語六親，此行勿啼血。丈夫急國難，草莽亦臣節。中宵聞點兵，慷慨荷長戟。落月光虧蔽，泉流水嗚咽。同行各有類，宛馬蹄踣鐵。臨敵憤欲前，賊勢頗猖獗。至尊日西顧，屈指大獻捷。嗟哉羊將狼，情事不可説。前日偵者至，願即受羈紲。幕府爲解頤，轅門盡歡悦。革面未旬日，仍復據其穴。全楚人刳屠，中州土崩裂。王孫屢嬰禍，宰相實蹇拙。悔罪獨雉經，誰云是明哲。我本遠戍人，顧此憤益切。進止莫敢議，吞聲駐冰雪。流寇僞降，旋叛。而樞臣剛愎自用，至全楚受屠，王孫被難，張獻忠所云『借王以斷楊嗣昌之頭』也。計無復之，悔罪自經，而國事不可爲矣。此種詩令讀者可以論世。

當新婚别

憶昔妾未字，生小皆清門。相逢兩無忌，比舍同六親。十四年稍長，逡巡始畏人。十五值時難，風雨啼空村。十六今於歸，媒妁無一存。前日府帖下，淮南大興屯。王事不敢避，執殳行苦辛。君行在須臾，裀席難久温。君意豈獨忍，奈此覆冒恩。黄巢犯東都，六宫如飄塵。至尊尚莫保，况乃惸窮身。裁縑作裲襠，密紉裹以純。君情毋棄捐，妾有雙淚痕。

將進酒

白日黯黯容易過，春風玉顔當奈何。君能忘憂我和歌，重傾迭酬金叵羅。膗鳳脂，劈麟脯。

炊珠羹，流玉酭。憂來填膺不能食，何如交歡及爾汝。君不聞，閉關沉湎稱達生，又不聞，大呼狗竇千載名，人生不飲空獨醒。

苦雨詞

鄱江瀰瀰吹雨天，五月無禾成白田。桔槔雖具下力難，可憐來日無朝餐。辛勤終歲不得息，昨夜傳聞羽書急。君不見，東隣向壁哭未休，長男輸役中男囚。

曹舍人寓齋聞搗衣作

廣庭月白秋漫漫，主人有酒留客懽。誰家思婦罷織素，坐調清砧當夜闌。砧聲斷續露華濕，還聞門外莎雞泣。同是天涯離索情，感時最有閨中急。力盡回房淚點多，遥憐此際蹙雙蛾，西風入懷奈獨何。

贈陳藹公

往者曾讀《邊令傳》，云是保定陳子作。才雄法贍有根柢，菁英滿前氣旁魄。我嘗彷彿思其人，千里停雲阻河朔。今年得遇恒山陽，斗酒論文慰蕭索。憶余爲客西復東，門前車轍無一同。高曾規矩久蕪没，後人不識般倕工。君今著書已踰尺，況復身親見兵革。一嚬一笑皆有由，豈是尋常老逢掖。莫言上策不見收，長安少年多徹侯。君才如此合貧賤，且醉醇酒吟清秋。君不見，江河之勢原東流。邊令，米脂令邊大受也，曾發李自成祖塋，藹公作傳表之。

蠻觸行

秋林濕盡土花碧，蝸牛延緣不踰尺。角中兩大安如山，胡爲相尋日相戹。東帝西帝齊與秦，當年自謂英雄人。一朝粘壁竟槁死，沛公出爲漢天子。横覽古今，何非蠻觸，借齊秦以發其大凡。

陳思王墓

斜日下高樹，秋風生細塵。可憐哀草地，猶是建安人。白屋更新主，青山結故隣。童童雙檜在，風雨各千春。三四語爲時所稱。

題康郎湖忠臣廟壁

草昧龍爭日，風雲得武臣。乘時元赤幟，奮跡豈黄巾。羽檄綏南服，天垣動北辰。斷虵先識楚，逐鹿後降秦。建業王居正，洪都戰血新。旌旗迷過鳥，矢石駴潛鱗。借箸應無匹，焚舟若有神。阽危社稷重，仗節死生均。日月躔雙壁，羌戎奠九垠。君恩五等錫，士氣一朝伸。孫子圭璋在，春秋俎豆陳。白波吹浩漾，蒼瓦覆嶙峋。往事今爲烈，羈人感自真。臨流獨横涕，蕭瑟對秋旻。視李北地作較典切，兼有骨力，此種全從杜陵得來。

趙與梗

字楚材，福建龍溪人。有《珠谷剩草》。

九日雜詠

寒食弔之推，端陽悲郢客。如何重九日，不祀陶彭澤。

董闇

字隱僧，江南吴縣人。

歲杪送青來遊滇

遠遊當歲暮，爲養反離親。貧士千秋恨，依人萬里身。丹崖盤鳥道，黑水暗龍津。嗟我猶羈旅，離筵倍愴神。

郁植

字大本，號東堂，江南太倉人。諸生。○東堂八歲應試，作《五倫論》，吴梅村祭酒見而奇之。既長，研窮古學，爲王新城尚書賞識。康熙己未，以博學鴻辭薦，未應試卒。詩體裁盛唐，不落元和以下。讀《悲歌》六章，可以見其生平。

烏夜啼

碧梧墜露驚秋早，羅幃輾轉愁難曉。乳烏啼斷井欄西，閨中一夜青絲老。只可閨中伴我愁，烏啼切莫向邊州。盧龍磧裏征人在，多恐聞時也白頭。

猛虎行

猛虎突出勢恒怒，不住深山踞當路。風高月黑聞嘯聲，四野行人盡回步。一虎之猛尚可當，群狐假竊牙爪張。豈無壯士欲手搏，出門四顧心徬徨。耽耽爾威誰養就，昔猶昏暮今白晝。瞑目從教凡獸驚，肥身那管飢民瘦。虎兮虎兮知懼無，灞陵亭下秋草枯。飛將猝發金僕姑，石猶飲羽況爾乎。比高青丘作，發露幾許矣。然近日猛虎力量更大，飛將軍恐亦斂手。

韓侯釣臺

王孫昔釣長淮流，釣竿一擲重瞳愁。赤龍得水上天去，鐘室酬功付刀鋸。漢家青史兩釣臺，千秋獨爲韓侯哀。何如客星早歸釣，一别東都更不來。兩《釣臺》意思陳矣，作者説來偏見其新。

悲歌

男兒三十尚貧賤，土室低頭事筆硯。落魄恐遭厮養辱，苦吟畏被妻孥見。冬日不鑪夏不扇，坐穿一榻破萬卷。西行發策獻至尊，致身不受將軍薦。由來絳灌讒賈生，胡用若曹弄柔翰。齊門挾瑟嗟徒工，獨立荒郊淚如霰。

我欲歸種襄陽田，背依高山面大川。婦饁男耕自怡悦，伏龍雛鳳相周旋。不爾亦是桃源仙，桑麻雞犬别有天。誰知此樂難再得，商羊旱魃迭弄權。東隣輸租鬻小女，石壕夜呼横索錢。西家老翁徒壁立，惟忍凍餓長安眠。

旁人勸作洛陽賈，鮮衣如雲馬如虎。大兒羽林充宿衛，小婦邯鄲善歌舞。明珠白璧家盈箱，晝攫錙銖夜勾股。嘖嘖猗頓獨何人，却笑黔婁徒自苦。吾曹意氣恥阿堵，揮斥黄金賤如土，安能跼蹐屠沽伍。六章相連而下，古人篇法，起手甚健。

脱身從軍向絶域，大食烏號懸兩腋。部中不滿五千騎，百戰沙場盡辟易。尉佗繫組明光宫，樓蘭懸首長安陌。凱歌入關報天子，始信書生萬人敵。一朝坐失幕府歡，縛下都船對刀筆。衛青天幸輒有功，李廣數奇竟何益。

流沙北去弱水東，琅玕作樹珠爲宮。藐姑仙子冰雪容，導以翠節雙青童。我欲從之問丹訣，直與天地同無終。秦王漢武皆英雄，樓船浩蕩乘長風。獰龍吹水作山立，三千嬌女沉淵中。驪山茂陵空白骨，不死之藥何時逢。設想愈幻，愈幻愈妙。學仙學劍兩無成，爲賈爲農安足道。中心不羡黑頭公，貧賤何妨鄧禹笑。有琴恥向貴主彈，有門恥爲丞相掃。流行坎止隨所如，入世那能量枘鑿。鄴侯架上皆吾師，吾將終焉從吾好。此章總收，結穴在此。不步趨少陵七歌，而風骨神味自合。

觀燈行

新年半月雨不歇，連巷春泥馬蹄没。差池已過賞燈時，金尊玉管花空發。婁東刺史趂新晴，特促然燈照夜明。珠箔舞殘初見月，紅窗歌轉乍聞鶯。六街九陌燈光曉，海城今夜春生早。不是官衙恣宴遊，爲民預祝秋成好。對景翻教憶去年，此時聽雨正高眠。華鐙却掩春宵寂，誰道秋來更可憐。九月十月風雨惡，到處田疇盡蕭索。賣男鬻舍僅供糧，那有餘錢更行樂。聞説言官特疏求，減租詔下可無愁。不辭徹夜笙歌沸，及此風光樂未休。樂事無多憂轉續，書生迂願何時足。乞取蟠螭玉九枝，携來遍照流亡屋。點綴太平，忽憶去年愁慘，波瀾層疊，哀樂無端，末二語可云歌以當哭。

柬顧亭林先生

驚喜相看問阿翁，少年連袂各頭童。家從十五年前別，身在三千里外同。且注蟲魚潛硯北，任教車馬過牆東。鄉關耆舊多蕭索，閱歷如公道未窮。

登州城南樓柬張慶餘

高城遥對暮雲平，獨客登臨感慨生。附郭尚餘三户在，幾家能辨十年征。霜清廢壘寒烏集，月黑孤村野燒明。寄語子山休作賦，江南風景倍傷神。

客曉

欹枕荒郊鳥亂啼，漸聞人語板橋西。愁邊覓句天難曉，夢裏還家路易迷。兩岸茭蘆千里雁，五更霜月一村雞。吴儂到此腸先斷，况復高城急鼓鼙。

讀史偶感

兵壓邯鄲氣欲吞，時危公子下監門。滿堂珠履三千客，朱亥從來未受恩。

與毛遂定縱同意。

勛名盡室少齊肩，翻爲椒房受禍偏。萬乘不能求一女，當年最有日磾賢。

霍氏功高，不及金之謹密，拈出兩家，爲千古鑒戒。

王　槩

字安節，江南江寧人。

題畫

湖干路僻無車馬，葭菼蒼蒼涼到天。長日接䍠慵不著，草堂閒對鷺鷥眠。

從《漁洋詩話》中采入。

徐　柯

字貫時，江南吴縣人。○此文靖公次子、俟齋逸民弟也。始則風流跌宕，繼歸和光同塵。詩半入温柔鄉語，與俟齋各行其是，豈所云『首陽爲拙，柳下爲工』耶？存詩二章，以志崖略。

早春園林感興

已典春衣盡，還驚春色來。百花南向拆，一雁北飛回。濁酒從兒醉，輕羅任婦裁。平生蕭瑟意，身世幾悲哀。

欲雪限韻

慘淡庭松色，喧啾檐雀聲。有苔封玉砌，無露到金莖。已厭浮雲重，還看颶絮輕。應知隴上者，此際輟深耕。有《寄小婦》詩，中云『香能損肺熏宜少，露漸沾花摘莫頻』，一時傳誦，摘録於此。

文點

字與也，江南吴縣人。◯與也先生爲文肅公孫，隱居竹塢，城市罕見其跡。工寫山水，不輕許人。有貴介多方求之，已寫就矣，聞其人戀官職，不顧堂上，即隨手裂破，其耿介如此。

呈芸齋先生

天寶開元事已陳，風塵宇内老遺民。偶談先世頻揮涕，爲破家園只負薪。訓子八行文不滅，自注：忠介公家書。訟冤一疏血猶新。自注：芸齋爲父訟冤，血疏。衣冠古樸人誰識，認是林宗墊角巾。芸齋，即忠介公家子子佩先生也。一門忠孝，於贈答中傳寫盡之，得立言之體。

渡江

青山如故人，江水似美酒。今日重相逢，把酒對良友。

題曹叔則照

古井心情不起瀾，畫圖猶著晉衣冠。形容莫誚吟詩瘦，曾見銅仙泣露盤。

陳珏 字比之，廣東海陽人。

冬日同友人遊南巖精舍留宿，次達上上人韻

一路霜風落葉深，偶逢知己入空林。雲停似欲依禪定，鶴立居然有道心。古洞燈微涵冥色，夕陽鐘動出寒音。十年宰相渾閒事，聊與山僧和苦吟。

陸　進

字藎思，浙江餘杭人。

題宋高宗六字碑

自注：硃書傳忠廣孝之寺。

雲門野寺古禪關，片石峨峨煙靄間。一自翠華來勝地，常留宸翰紀名山。丹文不變千年色，碧蘚難侵六字斑。堪笑花宮稱廣孝，君親當日幾時還。宋高不報父兄之讐，稱臣稱姪，其罪擢髮難數矣。一結譏笑之中嚴於鈇鉞。

朱爾邁

字人遠，浙江海寧人。◯此亦王新城所賞識者，雖欠精警，而氣體自不落小家。

葛洪丹井西尋唐顧逋翁讀書臺舊址

陰陰澗底花，落落嶺頭柏。蒼蒼雲霧重，渺渺人家隔。相傳葛穉川，燒丹此中宅。至今丹井間，紅泉漱白石。石上臺何高，栖遲合騷客。新藻灑芙蓉，英辭動金碧。千載人讀書，余也忝後席。學仙仙未成，知音懷夙昔。獨自抱琴來，慨焉終日夕。

鐵陵廟

弱冠雅負奇，矢志凌雲表。匹馬佩弓刀，出自三關道。報恩功未酬，獨立傷懷抱。歸卧南山南，荒林跡如埽。更上鐵陵關，往事尤悄悄。浮雲捲大旗，落日耀空堡。嗟哉明武軍，一往亂飛鳥。戰血鬱未消，化作山頭草。枝枝帶征魂，遺恨何時了。

韓純玉

字子蘧，浙江歸安人。著有《蘧廬詩》。○子蘧係求仲子。求仲爲湯霍林所累，不無失身之譏。子蘧終身抱憾，時時飲泣。

題李嶜丘《風雪運糧圖》

自古嘗稱蜀道難，百步九折縈巖巒。何況嚴冬深雪裏，寒氛晻靄踰千盤。前峰崒嵂矗天起，後峰連綿勢未已。猨猱不度鳥不啼，懸崖無根谷無底。峨眉劒閣雲萬重，捫參歷井摩蒼穹。蛟龍蟠拏古木偃，蝃蝀虺蜿飛梁通。此時何處來徒衆，運糧千里輓輸重。僕夫股慄泥没脛，車輪欲摧馬蹄凍。誰能畫者李營丘，秋毫細晰天爲愁。心神自與元氣合，筆力直與造化侔。營丘本屬唐宗系，邦家正值凌夷際。隆準王孫泣路隅，紇干凍雀遥飛去。天寶以降傳乾符，車駕幾度留成都。漢陰饋餉騾背負，百官始得充朝餔。蜀道之難難若此，危途數困唐天子。當時寫此非偶然，後來題者趙承旨。承旨亦是宋天潢，筆墨神妙真相當。徘徊歎賞最珍惜，似因弱宋悲殘唐。唐郊宋社久荆杞，又曾再閲滄桑矣。書畫還從世上傳，乾坤舊事隨流水。此卷經今八百年，卷中陵谷猶未遷。收藏印記亦屢易，令人對此情惘然。君不見，自有書契來，陳迹悠悠皆可覩。空將哀樂感興亡，憑弔環州一抔土。嗚呼，豈必王孫心獨苦！弱宋殘唐，遥遥相應，見畫與題畫者無限經營苦心，不止筆墨之工也。人君尚德不尚險意，於言外見之。

漢陽渡口作

漢陽窺鄂渚，夾岸走長虹。小艇雙飛燕，中流五兩風。一江分二郡，三國鬭群雄。多少興亡事，銷沉向此中。自注：楚江小艇一人，掉兩槳，名雙飛燕。

玄墓山遇明孝廉徐昭法即别愴然有懷

邂逅逢君淚滿襟，殷勤重話歲寒心。還元閣上秋風急，尹樹堂前暮色侵。初服不隨滄海變，高情長與白雲深。暫時把臂還成别，欲訪幽棲何處尋。自注：寺有還元閣、尹樹堂，勿齋先生讀書處。

魏際瑞

原名祥，字善伯，江西寧都人。◯此叔子長兄也。魏氏兄弟工古文，韻語非其所長。伯子雖多敗闕，然時有生氣。《韓侯釣臺》云：『曾説婦人偏隻眼，空傳霸主是重瞳。』《贈人》云：『天地有時餘爾我，英雄無主笑曹劉。』可以見其氣概。

諸葛公墓

定軍山下柏蒙茸，曠古精誠在此中。三尺孤墳猶漢土，一生心事畢秋風。孫曹未滅成何世，天地無知喪此公。千載傷情惟杜宇，年年啼血樹頭紅。『三顧頻煩』『兩朝開濟』，舉其在生時言，此舉其既没後言。立論各有所主。

金山

大江東下海門寬，萬里奔流激箭湍。不信山從水底出，却疑身在畫中看。龍窩燈火千株動，蜃氣樓臺一點寒。誰道風波不可涉，風波危處却平安。

江頭别

白石山過紫石山，鸕鷀灘下鯉魚灘。山山連接灘灘急，遊子南還何日還。《竹枝》遺響。

王遵坦

字太平，山東益都人。隨肅王平蜀，以軍功得官，至四川巡撫。著《頤學齋集》。

雪浪灘

午枕不可竟，醒此驚湍聲。堆雪耀昏夜，殷雷喧夏晴。譬諸磊落士，所鳴恒不平。笑彼清泠潭，泯泯含微明。

古鏡

世間銅臭久塵埋，圓璧千年出洛街。曉步相隨雙鳳珮，晚妝應照九鸞釵。微茫斑駁雲生面，錯落光明月入懷。最好瓊樓伴仙子，素娥斜捧上瑤階。玉溪生體。

胡介

字彦遠，浙江錢塘人。有《旅堂詩集》。

吴梅村被徵入都

海外黄冠舊有期，難教遺老散清時。身隨杞宋留文獻，代閱商周重鼎彝。滿地江湖傷白髮，極天兵甲憶烏皮。重來簪筆承明殿，記得揮毫出每遲。

幕府徵書日夜催，宫開碣石待君來。歸心更度桑乾水，伏櫪重登郭隗臺。花萼春迴新侍從，風雲氣隱舊蓬萊。暮年詩賦江關重，輸却城南十里梅。梅村之出，由於徵召，詩中特爲表白。

一尊雨雪坐冥濛，人在汪洋千頃中。老驥猶傳空冀北，春鴻那得久江東。榛苓過眼成虛谷，禾黍關心拜故宫。我亦吹簫向燕市，從今敢自惜途窮。榛苓、禾黍，動以西方彼美、靡靡行邁之思。

碧海黄塵事有無，此來風雪滿燕都。遺京節度新推轂，盛世朝廷倍重儒。花暗鳳池思劒珮，春深虎觀夢江湖。悲歌吾道非全泯，坐有荊高舊酒徒。余書梅村詩後云：『蓬萊宫裏舊仙卿，自别青山悔遠行。擬作栩陽《離别賦》，江南愁殺庾蘭成。』恰如梅村身分。讀此四章，尤覺用意微婉。

朱　徽

字遂初，江西進賢人。

舟行雩都道中

春日既已暮，山溪水亦長。緣越殊未極，玆焉復理榜。川原靄迴鬱，觸目紛萬象。鳥啼山木暗，人語灘石響。雨外峰明滅，風前花偃仰。岫轉失來蹤，沙明得前郎。魚跳碧潭中，猿引蒼藤上。壁隙鬼神劖，石皴仙人掌。時或遇平曠，茆屋兀三兩。予本倦遊人，取次愜心賞。逢山擬便登，遇水欣長往。只此區中跡，已深霞外想。何時縱所如，悠然息塵鞅。

舒忠讜

字魯直，江西新建人。

滁州遇避寇人過江

半夜頻呼起，寒風送我行。英雄消馬跡，天地感雞聲。壘破纔添戍，村空又避兵。始知班定遠，不肯作書生。